女朋友们

宁远

+

杨菲朵

+

尤琳

著

北京出版集团
北京十月文艺出版社

新经典文化股份有限公司
www.readinglife.com
出　品

献给在人生路上踽踽独行的你

宁远

杨菲朵

宁远

写作者，服装设计师，主持人。

曾供职于媒体和高校。先后担任成都电视台、四川卫视、湖南卫视主持人和记者。2009 年获得中国主持人最高奖"金话筒奖"、中国电视"金鹰奖"。

2010 年起，辞去教职，离开媒体，创办女装品牌"远家 YUANJIA"（远远的阳光房），出版绘本《远远的村庄》、散文集《真怕你是个乖孩子》《把时间浪费在美好的事物上》《丰收》等。如今是三个孩子的妈妈。

杨菲朵

自由摄影师，自由写作者，自我教育实践者。

曾供职媒体，任《新周刊》《三联生活周刊》美术编辑，任《华夏地理》摄影总监。因为热爱高原，于2008年10月移居云南大理。创建了"菲朵的客厅"摄影工作室。2016年3月至今，策划并带领"女性的意识"六十天疗愈书写营、"女性独白"三百六十五天疗愈书写营。目前与一千多位写作者同行，共同探索女性自助式成长。

尤琳（Yoli）

尤琳（Yoli）

独立教师，水彩画家，写作者。

曾在高校和政府部门工作，在成为妈妈后，辞职创办"半画"课堂，建立从自然观察到自我觉察的课程体系，将艺术的思想落足于日常的生活。曾受邀成为星巴克旗舰店落地成都的首位合作艺术家，并主持了星巴克的咖啡艺术课堂。

已出版图文集《愿我们手持刀锋，心如甘露》，散文集《心想画画就画画》《生活不易，敬之以美》。

目录
Contents

序言

宁远

出版前十多天，公司发来编辑完成的《女朋友们》书稿，嘱我们三位"女朋友"做最后的修订。5月，屋外是难得一见的好天气，阳光赤裸降临大地，柑橘花的香味若隐若现。坐在书房百叶窗下的阴影里，保持一个姿态读完了整部书。这五年的时光在文字里一次次闪过，合上电脑的时候，黑夜早已来临。我长长叹了一口气，把脖子枕在靠背上，眼睛望向天花板，半天动弹不得。

这五年真不容易，又真好。

和菲朵、Yoli共同出这本书，起意很偶然。只是某一天忽然想到，假如在一个主题下，我做衣服，Yoli用画画表达，菲朵用摄影创作，会不会有意思。尽管我们也都是写作者，起初的想法却并不是写一本书。

菲朵是一位优秀的摄影师，我在2014年夏天认识她。记得是在广州太古汇的顶楼，她穿一条红色长袍，肩上挂一部沉重的相机，飘到我面前。她镜头下的女人们和她一样，有一种天然和开阔的美。我每次见到她，她都带着相机，就好像相机是她身体的一部分。也正是这样，她自然而然的拍摄从不会对被拍者造成负担。她的作品温柔又独立，她的文字也在证实这一点。

最先认识 Yoli，是通过她的水彩作品。那是一个充满灵性的世界，一花一草在她的笔下都流淌出情感和情绪。更可贵的是，她从不停止思考。生而为人这件事，在她看来不是天命，她势必要把很多别人不在意的事情搞明白。她充满了女性意识的自觉。

我想和两位我欣赏的女性，也是生命中特别的好朋友一起做点什么事，围绕女性成长。起初并没有想好做什么，但我把不完整的想法先告诉了她们，三个人因此有了更多的交流。

随着每一次交流的不断深入，新的东西萌生出来。更让我难忘的是交流本身，那些因为三个人认真探索和碰撞呈现出的吉光片羽总是一次又一次擦亮我们的心。直到五年前那个寒冬的晚上，菲朵从更南的南方飞到阴冷的成都，和 Yoli 一起来看我主演的话剧《情书》。

很深的夜里，话剧落幕，我们坐进从剧场去酒店的车，一路聊着，想法逐渐清晰：不管最后的合作呈现在各自的创作里会是怎样，谈话本身就是一件"作品"，不如记录下这些谈话，用文字。于是在车里，我们一起定下了今后的安排：我们要有八到十次对谈，话题围绕女性成长。

生活里，我们和周围的朋友谈论天气，谈论心情，谈论电影，谈论新买的连衣裙。但是那个晚上我们说，我们要勇敢一点，对自己狠一点，要去触碰那些平时不敢碰的内容。我们知道，在女性成长的路途中，直面问题是很艰难的，但是这些问题一直在那里，是我们的功课，也值得我们直面。我们要好好想想一个女人在这不完美的人世间"活着"这回事。生命从出生到死亡要经历的大事件都有什么？我们应该谈到父母、生养，我们也应该讨论自由、爱情，当然还有婚姻、宗教，甚至死亡……这些话题，我们平时不谈，但多么值得一谈啊。

起初，我们以为对谈最多半年就会结束。事实上，这个过程长达五年。我们原本打算将理性贯穿于谈话中，但很多时候，还是依靠直觉和感性在摸索中前进。即使是三个对彼此彻底诚实的女人，在面对人生中重大问题的时候，也总有摇摆和不确定。也可能某一时刻的坚定，在事后回看，又充满了草率，并且开始自我怀疑。

可以说，这本书的"长成"，和我们的个人成长紧密地联系在了一起。

一开始，我们对谈话的推进如此缓慢感到着急，因为有时候好不容易聚在一起，却突然没有了谈论这些话题的"场域"，而有的时候，某一位谈话者可能正经历人生重大变故，根本生不起一颗要"谈谈人生中重大问题"的心。我们既想郑重地谈，又想把很深的感情轻轻地说出来。我们想用力做好这件事，又想鼓励同伴：没关系啊，放轻松。后来，大约到第五次谈话之后，我们慢慢放下了急切，开始变得沉静，像在等待一棵树的缓慢生长。这种沉静，当然有谈话本身给我们带来的滋养和力量。

不管怎样，我们勇敢地表达了，记录了。也许有人不赞同我们的某些观点，就是我们仨，也很难做到彼此都认同，但那不重要。

重要的是表达本身。

如菲朵所说：对话这件事情最重要的意义在于，我们就女性成长过程中的大事件进行了最坦诚的交流，并以这样的分享鼓励更多的女性直接、公开、准确地表达自己的思想。这不仅仅是几次普通的聊天，更是作为女性，为自身成长所付出的努力。

这本书名为"女朋友们"，有编辑认为这样做是直接放弃了男性读者这个群体。但我们觉得，恰恰是这个名字，也许会让一些男性读者来阅读呢，哈。本质上，这就是一本为女性而存在的书，但我们不打算做得那么"女性主义"。"女朋友们"，它有一点俏皮，并且温和，这与书中我们三位"独立女性"的表达形成了某种有趣的张力。

距离第一次谈话已经有五年时间了。这五年，我们在各自的世界里往前走。除了继续画画、摄影、做衣服，Yoli和我都又生了孩子，菲朵的生活也经历了一些变化。这一路上，不定期的主题谈话，让三个人在彼此的生命里互相关照、相偎取暖。有时候淡淡的，有时候深深的，有时候开怀大笑，有时候眼泪长流……这些谈话记录，充盈着把生命和盘托出的快意。可以说，面对另外两位赤诚的同路人，我们都做到了最大程度的袒露。

如果一切顺利，书按时出版，在你读到它的时候，我们三位女朋友又聚在一起了。这一次在西藏。夏天高原的风应该是干冽的，天光亘古明亮，山顶还能看到积雪吧。处在那样的天地间，谁知道我们又会有什么新的想法蹦出来呢？

这本书当然不是终点。

一
生
死

不过是在燃烧自己

主持人：宁远
时间：2015 年 2 月 5 日
地点：成都 崇德里客栈

　　五年前的这个晚上，第一次对谈。

　　冬天，外面很冷。在崇德里酒店的房间，下沉式浴缸里灌满热水，我们就坐在浴缸边沿上，脱了靴子把脚伸进浴缸。热水在冬夜暖化了我们，三个女人都处在一种特别纯真的状态。我打开语音备忘录，说，可以开始了吗？她们俩同时点头，就这么开始了。我们第一次对谈就谈到了死亡。也许是因为"一起把脚伸进热水里"这小小的仪式感，也许是因为刚刚落幕的话剧。在话剧里，我饰演的角色"白莎莎"最后死了。这是一个关于"坍塌"的故事。我们看到一个有音乐天赋的女性，如何在现实世界里碰撞，被生活磨掉创造力，最后毁灭。

　　整个晚上我们都在谈论死亡，这是我第一次这么坦然而直接地在他人面前谈到死。但是很奇妙的是，谈话结束的时候，我感觉到一种生的气息，我看见了她们眼里的光。

　　菲朵　白莎莎（由宁远主演的话剧《情书》中的女主角）最终

选择了死去。她看到了生活的荒谬与徒劳，拒绝再与它为伍。我们这些留在世间的人，无论生活是否精彩，还是要继续活下去。事实上，无论选择死还是活，都很不容易，都需要极大的勇气。

宁远　嗯，刚才我妹妹贝壳看完话剧用微信发来一段话，其中有一句话：白莎莎死了，幸而姐姐还活着。其实每次话剧谢幕时，我都会这么想：白莎莎死了，而我还活着。我这么想的时候并不是觉得自己幸运。你们应该懂我的感受，一切都结束了，而生活还在继续。一场演出，我把自己完全掏空了，我在剧里结束了生命，有一种摆脱了什么的痛快。但是啊，话剧不过是一场梦。

Yoli　每个人心里都有个白莎莎，但每个人都活成了李建国（剧中男主角）。每一次白莎莎走向更破碎的时候，我都忍不住鼻酸。这个夜晚，跟随一个虚无的人痛快地流了一场真实的泪。对破碎、失控、死亡的恐惧，使得我们生存的每一天也失去了生命力和光亮。

宁远　你们会经常想到死亡这个话题吗？

菲朵　回想起来，我从大概三四岁的时候，就经常想到"死"这件事。那时候我很怕妈妈会死，一想到就要偷偷流眼泪。一直到我三十三岁生孩子的那年，感觉生命中忽然就生长出一些力量。也许是因为看到了"生"，尤其那"生"还是经由自己创造的。此后，死也不再是虚幻的想象了。它们在一个人的生命中，成了如影随形的关系。

Yoli　我倒不会经常想，但小时候总会问人一个问题：全世界的人都没有了，只有你一个人，你还会选择活下去吗？我的回答是：我还会继续活下去。

宁远　为什么？其他人都没有了。

Yoli　不知道，我不知道如何解释这件事，为什么这个奇怪的问题会一直盘旋在我的心里。很多人回答他们不会继续活下去，但我似乎在通过确认我自己的回答，为我的生命找到一个支点。马丁·路德·金说，假使明天世界即将毁灭，今日我仍要种我的苹果树。我想，活着本身就是一种命运，我会接受命运，并承担下去。

宁远　菲朵，什么东西会令你想到死亡？那是一些什么样的细节？

菲朵　应该是两种极端吧。人的一生总会有非常痛苦的时候，你不想再继续承受压力，会产生想要将一切都卸下的那种冲动。但也有十分留恋的时候，因为我们生命中还有很多美好的感受，心中为此升起敬畏，这种敬畏又转化成对生命的留恋。每当有这种感觉，我总是会在心里自言自语：如果时间能停止……你们明白这种感受吗？对生命的珍贵感到留恋，同时又觉得非常非常徒劳。

在我的摄影作品里，也能看到很多关于死亡、分别和隔离的暗示。比如一片残叶、铁丝网、枯萎的花朵、阴暗的房间、大大天地之下小小的背影、哭泣、延伸向天际的公路……我也很爱拍摄光线，阴暗房间里的一点点微光、给万物镶上金边的逆光、孩子眼睛里的高光，等等。生命力一直是我关注的重点，这其中包括了生与死、希望与孤独，这些都是困扰人们一生的课题。

宁远　嗯，我前段时间看到一句话："热爱生活，不是说要去养生，而是要尽力燃烧，尽力折腾。"我也把"燃烧"这两个字，用在了话剧《情书》的结尾，我通过白莎莎说："我不勇敢，我只是在燃烧自己。""燃烧"这两个字挺打动我的。其实生命就是一次燃烧，每个人总有燃尽的一天。

菲朵　对，"燃烧自己"。我在台下听到远远念出这句台词的时候落泪了。人们相遇的此刻，就是唯一确定拥有的。至于此后会流淌到哪里，是命运的事，不是我们的事。比起安全妥善，热烈地活着，倒更为尽兴一些。

我平时睡得比较晚，深夜时间都用来读书或写作，很多朋友都看不下去，劝我珍惜身体。说老实话，我真不在意这个问题。夜晚这段时间对我来说太重要了，它在杂乱纷扰的日常生活中，就是我的乌托邦。生命不是你小心翼翼保护它，就可以安然无恙地活下去，疾病和死亡随时都可能发生。也正是因为这样，才需要珍惜生命中每一个瞬间。如果可以自信地说"我的生命没有一天是被荒废的"，我觉得就够了。

Yoli　我了解菲朵说的，有时看到房间里升起的一缕光，看到花朵在春天撑开，都会觉得活着是一件特别珍贵、不容辜负的事。这个时候，我无法容许自己去权衡、求全，去计算得失，去留有退路，只想去做、去爱。就像海的女儿，生命到最后只是梦幻泡影，却依然会去付出所有。知道一切都很短暂，知道一切都很虚无，反而更要尽力而为。也许生命本来也是如此——知死而后生。

宁远　我甚至也不觉得我们活着就是有意义的。我是一个对"人生"这样的大问题比较悲观的人。生命本身是虚无的，但正是有了这种悲观，我反而会更珍惜那种小的、具体的东西。比如，空旷的草地，黄昏，晨光透过树林照在晾晒的白床单上……这些东西带给我细节上的乐观。因为当你知道生命会逝去，当你知道一朵花必然会凋谢的时候，你的热爱里会生长出一种力量。话剧里其实还有一段被导演拿掉的台词，我自己很喜欢：

> 我花了一辈子的时间只学会了一件事：拥有就是失去的开始。拥有青春，其实已经开始在失去青春；拥有财富，其实财富也会失去。健康也一样，婚姻也一样，就算养一只狗也一样。拥有爱呢？天哪，失去爱更让人无法接受。如果不曾拥有，那也就没有什么好失去的了。

我不知道导演为什么一定要拿掉，我自己很喜欢这段台词。当你知道今天太阳升起、落下，今天就过去了，你会对今天的太阳也格外珍惜。当你知道拥有就是失去的开始，你能做的最积极的事，就是在悲观主义的阴影里乐观地活着。那些具体细微的事物帮助我面对虚无。比如，我们现在泡着脚，水很温暖，它能打动我。其实有一个前提——我觉得时间是会流走的，你珍惜了这样一个瞬间，热爱了这样的此刻，那么你就会留在这里。没有什么东西能够永恒，但会有很多个永恒的瞬间。

Yoli 因为人是非常需要自欺欺人的，人们对自己不可抵抗却又必将到来的恐惧讳莫如深。就像死亡，只要不说，仿佛就可以不面对。所以我们很需要在生命里建立真正支撑我们的内核。看透生命的虚无与人间的荒谬，却依然热爱它。

我曾经有个同学在考上大学后，忽然丧失了人生的目标，觉得生命没有意义。我们很少说话，在这个倍感虚无的时刻，他突然想到了我。他说，在那么多同学里，你活得最较真、最累，我很想问你，你这么活着到底是为了什么？那一刻，我不知道说什么。我想，他需要的并不是安慰。于是我给他讲了一个故事：

> 悬崖上的一朵花开了，在很高的地方，一辈子也不会被人看见，蝴蝶也飞不上去，连花粉都不会被传播。但它还是开，还是谢，完成它的整个生命。每个人都想追寻生命的意义，也许生命本身没有意义。但没有意义，并不代表我们就要幻灭。

就像这朵花一样，诚实地去面对自己的一生并完成它。人间其实不好不坏。接受生，接受死，因为生命的两头我们都无法选择，而这中间的过程，不必悲观也不必乐观。

宁远　你们第一次真正地面对死亡，第一次感觉到死亡，是在什么时候？

菲朵　童年时见过死去的太祖母。我出生时，她已经很老了。我三岁之前的记忆有很多这样的场景：她坐在床上，我趴在她的脊背上，她一边哼唱着歌谣，一边摇晃我。她病危的那天早上，妈妈接到电话，急急忙忙带着全家去看她。等我们到了，她却已经走了，但仍像平常一样躺在床上，面容温和，嘴角甚至微微上扬，就像睡着了。我还偷偷摸了她的脚，太祖母是中国最后一代"三寸金莲"，我一直都对她的脚很好奇，但她活着的时候从来不让我看，洗脚也总是趁我睡着以后。不过那一次，我没有感受到死亡，反而觉得离她很近，也很温柔。

第一次感受到死亡的恐惧，是2008年5月的汶川大地震。我接到杂志社的任命从北京赶去四川组稿，亲眼看见了那场灾难带来的家园毁尽、骨肉分离。死亡的气息像一个巨大的盖子笼罩整个区域，山河破碎，大地像一道撕裂的伤口。灾难波及成都、都江堰、汶川、北川、平武、青川、映秀……那是唐山大地震之后，伤亡最惨痛的一次大地震。同年年底，当时的好朋友遭遇严重车祸。同车的司机和另一位乘客死去，而他全身多处骨骼断裂，生命垂危，在重症监护病房抢救了七天七夜，好在最终重返人间。

在经历过这些事情以后，有大概两年的时间，我常常在梦中感受到自己的恐惧。梦见地震、火山爆发、坠入黑洞或海洋；梦见自己被挤压、被摇晃、被追杀；在梦中打电话求救，却总是想不起来任何一个电话号码。那段时间，每天深夜我都要喝几杯黑咖啡，只想警觉地醒着……也是从那年开始，我学习把每一天当成最后一天过。只做喜欢的事情，哪怕没什么回报，也愿意为它付出大量的时间和精力。

Yoli 我小时候住在大河边，那里每年都有人死，生意失败、高考失利、失恋，或者得了不可医治的病，好像河水承载了世间所有的失意和悲伤。这让我对死并不陌生，但十分触动我的，还是爷爷的去世。那时我四五岁，家中一位长辈把我喊到角落，让我说一句诅咒爷爷去死的话，他相信孩子说出来的话更容易成真。虽然我心里很不愿意，但我还是说了。不出一年，爷爷去世，那天我整个身躯里都是一片空白。我想起了我说出的那句话，不管是不是因为我，我希望我的生命里再也不要发生这样的事，我再也不想因为无法抵抗什么，而违背自己的心。

宁远 我第一次很确切地看见死亡，是在 2006 年的时候搭车去花湖。汽车在红原大草原的边缘行进时，前面出车祸了，我们就堵在那儿，堵了很久。路疏通了，车子缓缓地开过去的时候，我看到一辆车停在路边，还有一辆车翻在旁边的沟里。有两个人坐在车旁，一男一女，没有任何表情，就坐在那儿。地上有一具尸体，是大概一两岁的小孩，一张手帕盖着孩子的脸。当时那个感觉，现在想起来都会起鸡皮疙瘩，那对男女，他们已经……

菲朵　没有悲伤。

宁远　是的，没有悲伤。你能想象得到，没有眼泪。如果不是事先知道，不是面前已经死去的孩子（看上去就像是睡着了），你不会察觉这里刚刚经历了什么。两个人就坐在那儿，完全出神的状态坐在那里。一个人在这边坐着，一个人在那边坐着。孩子在他们中间，而两人没有任何交流，没有抱头痛哭，只是坐在那里，被死亡的阴影笼罩。我突然感觉到，每个人经历的死亡都是一件和任何人没有关系的事情。我们这一车的人，从那儿经过之后，大概有三个小时的样子，没有一个人说话。是死寂，死亡的死，寂寞的寂。是死亡让一切显得荒谬。

这让我不敢想象，同样身为母亲，面对孩子的死亡该是怎样一种绝望。你们也都有自己的孩子，会和这些充满希望、活力的小生命说起死亡的话题吗？

菲朵　我的孩子，在他四岁的时候，常常会在睡觉之前和我讨论死亡：

"妈妈，你老了吗？"

"我还没老。"

"那你老了，是不是就会死了？"

"是的。"

"那个时候，姥姥还在不在？"

"到了那时，姥姥也许已经死了。"

"那我也会死吗？"

"是的，你也会，每个人都会。"

"那，人死了会去哪里？"

"我不知道，但每个人心里的爱永远都在。"

我不知道这样的回答对于一个四岁的孩子来说是否过于冷酷。他让我想起自己的童年，那个一想到妈妈会死就会掉眼泪的小女孩。我能做的只有抱着他、陪着他，但是不想给他编织童话。

宁远　我大女儿也会问我。她问："人死后会去哪里？"我告诉她："死去的人都在天上。"她又问："去了天上还能回来吗？"我说："回不来。"她说："那我们一起去。"

Yoli　我跟我的儿子聊到死亡是读那本《活了一百万次的猫》，他问我："猫最后这一次为什么没有活过来？"我跟他说："因为它爱过了。"他又问："为什么爱过了就会死呢？"我告诉他："没有爱过的会一直活着，爱过的才会死去。因为死，是生命给我们的礼物。"

菲朵　其实，因为活着，我们才能谈死。每个人终有一死，死是衰败，是终结，所以说起死，人总是心有忌讳，回避得多。这让我想到一个有趣的现象，在一些地方习俗中，人们是用一种平静、自然的姿态面对死亡的。2008 年，我去贵州东南地区一个叫地扪的侗寨采访，主题就是当地的生死文化。侗族村寨一般都建在平坝之上，寨前有小溪流淌，寨后有森林护村。寨门附近有供路人休息的风雨桥，风雨桥的不远处有大片谷仓。为了防火，谷仓都高高地架在水塘上。但地扪与别的村寨不同的是，每一个谷仓的下面都会放几口棺材。问了当地的朋友，才知道那都是村里的老人为自己准备好的。

当地一旦有新生儿诞生，父母就会上山种很多树。等这个孩子慢慢长到四十多岁，再去山上砍一棵树，找专门的工匠为自己打造一艘摆渡灵魂的"冥舟"（棺木），之后放在自家的谷仓下面存放起来，以备不时之需。在那里，一个人的棺木从哪里来，在出生时就已经有了定数。新生、种树、成长、年迈、死亡……看似是民间的传统习俗，其实是很深的哲学与智慧。尤为值得赞叹的是，这个偏远乡村里的居民们，在面对死亡的时候所表现出来的乐观和坦然，正好呼应了宁远在话剧里被删掉的那句台词。

宁远　"拥有就是失去的开始。"

菲朵　是的。是我们活着的人对死有太多的预设和假想，如果不从个人生命的有限性来看死亡，其实死亡就是一件极其自然的事情。你们怎么看这样坦然的死亡观？

宁远 我老家就在云贵高原的边上，你说这个我特别能理解。但是现在的很多人，他们会觉得，谈论死亡是一件不对的事情，尽管死亡每天都在发生。但是有一次我回老家，听到我奶奶在门前和隔壁老大爷拉家常：你老伴死的时候是烧的还是埋的？老大爷说，运气好，没有烧，埋了，棺材没浪费。

菲朵 令人赞叹。

Yoli 对死的观念是什么，基本上决定了我们怎么对待生。对死坦然，所以对生也坦然。恐惧是一种对抗，而人只要对抗着，就不会真正的安住当下，不愿意面对生命落下的过程，也不愿意接受人生中负面的部分。花正是因为会凋谢才格外美丽，带来生机的太阳如果永不落下，也会带来毁灭。我们终究会死去，所以如何更好地活着才值得思考，如同我们此刻。

宁远 我们去思考死亡继而会发现：人要得到肤浅的快感，其实是挺容易的。但是你要想得到深层次的快乐，得到喜悦、内心的狂喜，那你一定是要认真地走过一段路之后，才能到达那个地方。如果你不去思考死亡，你不去面对这些东西，你打麻将、玩游戏，过一种表面热闹的生活，你能得到的只是感官上的刺激和快乐，这种快乐很快就会过去。

菲朵　是的，生命应该是一场产生深刻意义并逐渐圆满的体验，而不是一个只追求快乐、吃一块糖或是吹泡泡的过程。后者可以有，但是它对我们的生命来说，除了短暂的快乐，意义不大。

Yoli　这种快乐更多是一种感官上的刺激，就像过度添加味精的食物，其实会消耗我们对食物的真实感觉。

宁远　对。如果你试着去思考生命最本质的问题，试着去认真对待，你会发现，尽管这种深层的喜悦很难到达，但又是特别值得去追寻的。在某一个时刻，你感觉到了它，但这种喜悦很难与别人分享，那些没有走过这条道路的人是体会不到的。

菲朵　爱是感同身受。所以说真正深刻的生命体验不会停留在感官层面，那些来自生命深处的喜悦，有着相似经历的人才能感同身受。

Yoli　所以艺术有意思的部分在于，可以把这种感觉封存在时空之中，留给知音共鸣。

菲朵　有些东西死去了，有些东西是永恒的。艺术家之所以伟大，就是他们把这些生命体验保留了下来。他们把痛苦、死亡、孤独这些看似悲观的东西转化成了创造力。人的生命体验与感受力是呈正比的，他们正是因为体验了比常人更多的痛苦，所以才能体验到更深的快乐与幸福。而大多数普通人，过着既没有太多痛苦，也没有很多快乐的生活。

宁远　痛苦是敏感带来的，艺术让人保持敏感：对大自然、对心灵的敏感。通往幸福的道路就是有痛苦相伴啊，这并不是坏事。

Yoli　当然。艺术相比其他的专业领域显得更加无用，但是这些无用的部分塑造了我们的精神世界，让我们活得更像一个人。我们一直被要求要做一个有用之人，但很多孩子虽然成绩很好，很有用，却缺乏对生命的信念，也缺乏感知幸福的能力。所有有关艺术的学习，其实都是关于敏感度的训练，训练我们对眼睛的细微感受，训练我们对耳朵的细微感受，训练我们对舌头的细微感受……在同样的生命长度里，你感受得越多，生命的浓度越高，越能意识到生命的珍贵。

菲朵　有意思，聊着聊着，感觉我们从死亡聊到了创造和新生。一个好的园丁从来不会焦虑，不会拔苗助长，也不会忧心于植物的凋萎和腐烂。他们用果皮或者蛋壳堆肥，让所有的废料回归土壤，用不了多久胚芽会再度从腐败中还原为新的力量。

Yoli　接纳，其实就是接纳。

宁远　如果只剩下二十四小时，你们想做什么？

Yoli　像普通的一天，去买一束花，和爱的人在一起。

菲朵　和平时一样吧。

宁远　那么，如果可以选择，你们希望以怎样的方式离开人世？

Yoli　死在我自己的床上。把我的骨灰埋在树下，把生命还给大地。

菲朵　至少不要为别人带来麻烦。万一得了重病，没有痊愈的可能，我会选择放弃治疗。如果我爱的人，可以陪我走完那一小段路，就是生命的礼物。

宁远　我就希望自己能选择吧，不管何种方式都是自己的选择，而不是被动的。我希望自己可以决定怎么死，希望给死亡以尊严，就像我能决定怎么活着一样。

菲朵　许巍有一首老歌《两天》，我特别喜欢：

　　我只有两天

我从没有把握

一天用来出生

一天用来死亡

我只有两天

我从没有把握

一天用来希望

一天用来绝望

死亡有很多种层面，除了生命的终结，人们每一天都可能体验某种层面的死亡，由此才能迎接新的信念、新的理解、新的爱的方式……死亡带来的改变其实也是一种礼物，我们应该欣赏并感谢生命中的这种时刻。

Yoli　是，我也有这样的体验。会感到在某些时刻穿行在狭窄黑暗的巷道之中，像扒掉身上一层层的皮，又像是打破旧的自己。这个过程非常痛苦，但当经受过、体验过新的自我从废墟里中重生，我就再也不感到惧怕，会静静地等待一个足以让旧的我碎裂的时刻来临。说起来，这种濒死的体验似乎和从母亲的身体中分娩而出的体验一样。

万物生生不息，我们只是路过

宁远

1

我老家村子里有一位老人，在觉得自己快不行的时候就每天上山给自己挖墓穴。我曾经出于好奇跟着去看，多年后在小说里写下了这件事。

新鲜的泥土和石块堆在一边，阿西婆婆站在墓穴里，示意我在泥石堆边坐下来，她跳进坑拿起锄头继续挖坑。在我坐下去的地方有个瓶子，不用说，里面装的是白酒。我递给阿西婆婆一颗剥好的水果糖，她从坑里抬起头，笑眯了眼接过来扔进嘴里。

这个坑现在的大小还放不下一口棺材，坑的高度刚好到阿西的腰部。汗水打湿了她花白的头发，盘起来的两条辫子也散下来。过一会儿，她停下来伸出两只手掌，吐些口水在掌心，合拢了抹一抹，又继续捏起锄头挖土。

"阿西婆婆，我可以下来帮你吗？"

阿西抬起头朝我笑，同时摇摇头。但我还是忍不住想往下跳。

趁阿西不注意，我跳了下去，没站稳，坐在一堆泥巴上。这样我整个人就都在阿西婆婆（未来）的墓穴里了，我感觉到这里比外面凉快，也更安静。我对阿西婆婆说："哎呀，凉悠悠的。"

2

我的爷爷死于自杀。爷爷在国民党控制时期是个保甲长，在这之后漫长的一生里，他是整个家族的头号人物，小时候我们都敬他、怕他。他抽叶子烟，用一根比我个子还长的烟杆，烟锅伸进火堂里引火的时候，他的腰还可以直直地挺着，人坐在太师椅上，深深咂一口烟嘴之后，闭上眼睛。有哪个小孩吵到他，他睁开眼一瞪就能把小孩吓哭。

我十五岁那年，他生了一场大病，生活不能自理，临自杀前三天把我叫回家，要我给他画像。我给我们村子里的很多老人都画过，唯独没画过他。我拿起画笔，坐我对面的，是一位垂暮老人，放松的、微弱的，像个孩子。他所有的威严和骄傲都没了。我记得他的眼神，二十一年了，就在眼前，不能面对。奶奶发现爷爷自杀的时候是在早上，刚刚过去的这一夜，爷爷不知哪里来的力气把床单撕成一条一条，拧成一股绳扔上了房梁，爷爷是上吊死的。

外公也死于自杀。外公是个乐呵呵的老头，我记事的时候，他的牙齿就全掉光了，笑起来总是露出光秃秃的牙床，他的衣兜里总能摸出一两颗糖，那是我童年对甜蜜的盼望。从死前很长一段时间，外公就开始准备了。有一天，他爬上村口那棵老榕树，砍掉一大根树枝，指着树枝下的空地对我妈说："记住，我死后埋这里。"没过多久他就被埋在这里，再后来外婆也埋在这里。爷爷和外公，他们不是害怕病痛，也不是对活着淡漠，他们，只是想有尊严地离开。

我老家地窖里，除了几千斤粮食酒，还有三副棺材，分别是奶奶的、爸爸的、妈妈的，就放在地窖的门口，需要经过棺材才能通向酒坛。酒是爸爸拿自己种的麦子用柴火蒸馏酿的，五十八度原浆，他每天都喝。棺材是爸爸自己选木头找人做的，他亲自刷的树脂漆。棺材放在家里至少有二十年了，那时爸爸才四十岁。

如今我也四十岁了。生命并没有我们以为的那么长。

3

有一部法国电影叫《小天使以雅》。以雅是天神的女儿，某天她潜入了天神的房间，将天神在电脑里设定好的死亡期限以短信的方式告知人类。于是，有深意的假设在电影里发生了：一个人在知道自己确切的死亡日期之后，会怎么面对每天的生活呢？电影里展现了六个不同的个体生命，以死亡为终结点，他们被迫学会直面自我，与自我和解。

一位朋友说："可以说生命从它的出生开始就是逆势的。就像是一条船，从被造出的第一天就肩负了出海的使命。但出海其实是损耗，甚至要面临完全倾覆的风险。所以对于船来讲，貌似最好的方式就是在港湾停泊一生。这正是船非常悖论的地方，人也是如此。"

但如果不出海，永远停留在岸边，也就永远失去了对生命丰富度的觉察。尽管渴望飞翔的人最终还是会死在大地，但如果可能，我还是要过一种激烈到不论何时死去也不会后悔的生活。

我们只是偶然活着，每一朵花、每一片树叶、每一只小蚂蚁……还有每一个人，也都是偶然遇见，没有多一步，没有少一步，没有错过。

4

我家门前有棵大叶榕。5月刚起头，一夜之间，树叶就全变黄了。坐在窗前抬头的那么一会儿，微风就吹落一地树叶。有时候都没有风的，夜里，就听见轻轻的"唰，唰"，一声连一声响起来。到半夜有小猫蹿出来，脚踩在叶子上的脆响能把我叫醒。第二天一大早，工人扫树叶，扫一遍回头看，地上又铺了一层。

5月，到处是新绿，天地间只有这大叶榕给你看它衰败的气象。那么快，那么干脆，仿佛一切都想好了，好，退场。

秋天、冬天都过来了，日子越来越好过，大叶榕为什么要在春末落叶呢？是要给新长出的嫩叶腾出位置吧。仔细看，还真是一边落叶一边长出新叶，树梢上，也就这几天，新叶的芽苞冒出来了。所以，一片叶子都没有的大榕树在这世上是没有的。大叶榕一年四季都是绿的，仅有的黄叶子换新芽，也就是这两三天。

新芽是可以吃的。小时候在村子里，我们管大叶榕叫黄葛树。黄葛树芽苞冒出来，小朋友们就拿着竹竿打黄葛芽。打下来蘸盐巴吃，蘸一下咬一口，再蘸一下咬两口，酸的涩的春天的味道。嫌不够味就再蘸点辣椒面。家里条件好的蘸白糖，那是奢侈得不像话了。

新芽还可以炒来吃，芽苞先焯水，捞起来切碎了用猪油热锅炒，一定要在芽苞倒进锅之前炝几个干辣椒。胡辣味加上酸味，能下三碗白米饭的。

这里吃着炒芽苞呢，一抬头，黄葛树嫩黄的叶子长满了枝头。你说，我们吃了那么多芽苞，咋没见叶子变少喃？

如果可以选择，应该像植物一样去活，去死。

5

疫情蔓延的这个长长的假期，是我们人生历程里特殊的一段。对疾病与死亡的恐惧是人的本能反应。除此之外，我们每天待在家里，好像是在"旁观他人的痛苦"，也因此常常陷入对自身无能的愤怒。

资讯爆炸的世界，流言如瘟疫般蔓延，无孔不入，放大了焦虑。而与此同时，过多的信息又以一种荒诞的方式在掩盖真相，我们似乎看见了一切，又似乎一无所知。

古语说，急中生智，而"定"才能生慧。越是在非常时期，越是考验一个人对信息的接收、处理和反应能力。所以，一颗保持觉知又不受束缚的心，在日常生活中历练出的"静气"，在此刻才是我们最大的支撑。在一次又一次张皇无措中，我们是怎样让自己平静下来的呢？

有的人在假期拿起了针线，有人打扫布置房间，给家人捧上一桌可口的饭菜，有人捧起书本，还有人学起了新技能：唱歌、写字、画画、拍照……不要小看这些，它们正是抵抗虚无的力量。

当你画画的时候，画着画着，夕阳就落山了。当你写字的时候，写着写着，心就安静下来了。做这一切，不是要我们对外面正在发生的苦难视而不见，而是让自己变得更稳定、更独立。我们需要的是一颗强大的内心，对外部世界做出反应，而不是被情绪带着四处漂浮，无着无落。

在即将满四十岁的年龄里，很多感受和以往不同了。灾难如此直接和突然，我们原以为的那种固若金汤，甚至有点乏味无聊的生活，顷刻间就可能烟消云散。

另一方面，此前不会进入自我世界的一些大词，现在确切地展示了它的真实和意义。比如"人类命运共同体"，如一位朋友所言："我们都在这条船上，且这条船的名字不叫挪亚方舟。"在疾病面前，人类软弱和脆弱的一面暴露无遗。

当年非典，现在只回想起来一个场景：盛夏中午，坐在电子科技大学附近的公交车上，车里只有我一个乘客。那时大学毕业没多久，觉得非典距离自己无比遥远，不在乎传染不传染，也不怕死。

2008 年汶川地震，在余震中连续工作，出了演播室就进灾区，什么都不怕，就是连续一周不敢洗澡，心想的也只是：要是洗澡遇到大的余震，光着身子死去难看了点。

十多年后的今天，竟然如此珍惜活着，这当然是因为做了妈妈。当一个人为另一个生命负起责任的时候，怕死，不敢死，有了盔甲，也有了软肋。想起那句话：我心里有猛虎在细嗅着蔷薇。

院子里几株玉兰鼓起了花苞，邻居家两株红梅开得正艳。大自然一直在按它自己的节奏往前走，冬尽春会来，花谢花会开。非常时期，最为珍贵是平常。微小的个体能做的也就是努力过平常生活吧。逢大事，该有静气。

6

那一年在撒哈拉，傍晚，太阳照在金色的沙子上。长久的沉默之后，身边人说，我觉得我可以在这里死去。

说这话的时候，我们已经在帐篷外滚烫的沙地上坐了半小时。

从黄昏到日暮，大部队骑着骆驼离开了，留下几个人待在帐篷营地。坐在夕阳余晖下的帐篷阴影里，看天色渐渐变暗，撒哈拉的沙丘从黄色变成粉色，直到绵延起伏的线条渐渐模糊。

在这无边的旷野里，天地之间，人是孤独的存在，可是呢，心又被什么东西填得满满的。这世上没有什么东西我想占有，所经历的一切都可以忘记。

亮灯了，起风了，热气消散，有人点起蜡烛，有人燃起篝火，大部队回来了，食物上桌了，沙漠深处的夜晚，人声沸腾了。

吃的是当地那种又干又硬的大饼，此刻感觉到珍贵，每咬一口都是麦子的味道，就着"摩洛哥汤"吞下去，心里充满感激，毕竟是在荒野中的撒哈拉啊。

后来还有酒，还有烤肉，还有茄子和苹果，还有音乐，还有柏柏尔人打起鼓，听他们唱着"Mama Africa, mama Africa……"有人哭着，有人笑着。

最后是繁星和一弯月牙儿升起在夜空，灯光熄灭，篝火燃尽，风小了，世界又安静了。偶尔传出的虫鸣提醒你，在这蛮荒之地，在看不见的角落里，万物生生不息。

而我们只是路过了它们。

美好的事物无法久存

菲朵

10 月 25 号是外婆的忌日。

"梅森"——我用了好几年的笔名,来源于外婆。1927 年出生的她,小名"翠梅",父亲是在山西做五金材料的生意人,认为女子无才便是德,便不允许她上学。但年幼的外婆却自己偷偷去了一间当时不收费的私塾学习。她自小家境优越,样貌生得俊俏,能唱会画,无师自通地学会了裁衣织绣,又学了一些文化,但依然无法扭转坎坷的命运。外婆一生嫁了三次,都以离散告终。到了晚年,与儿女的关系不算亲近,好在子女们都独立担当,让她老年衣食无忧。最后的几年,她患了眼疾,我曾带着自己的孩子回老家去看她。眼盲的外婆脸上堆着笑,用双手摸索着孩子的脸,喃喃地说:"这孩子长得可真好看。"八十八岁那年的某一天,外婆在黑暗中离世,距离今天已经有整整三年。

这一年的 10 月,也注定不同寻常。一周之前,我得知孩子的爷爷突发脑溢血,住进了重症监护病房。早晨,家人在微信里告知,爷爷已于当天 9 时 50 分离开了我们。爷爷患病的第一天，我就把消息告诉了孩子，每天都会和他说说当天爷爷的状况和接下来可能会发生的事。这一周的每个清晨，我们都是一边吃着早餐，一边谈论着生与死的话题。他开始提出很多具体的疑问：

人可以选择出生吗，人是怎么出生的，为什么要结婚，什么是结婚，人是如何长大的，普通人可以活多久，死会疼吗，人死了有没有记忆，人有可能长生不老吗，死了以后还有下辈子吗，下辈子还会是同一个妈妈吗，人死了还会有精神吗……

当这些问题从一个八岁男孩的口中铺天盖地向我涌过来，我知道他已经开始建立属于自己的人生观了。

令人感到安慰的是，如今我和孩子谈论死亡时，已经没有了当年和我父母聊天时的尴尬气氛。没有大人会责怪孩子说："什么死不死的，净瞎说话！"事实上，一直以来，我都不排斥和他谈论死亡这件事，我们谈论死亡犹如谈论日常。

八年前，我在家门口种下一棵山茶树，每年 2 月，上百朵鲜红色的山茶花会准时开放。大年初一的早晨，站在树前拍一张全家福成了我们家的保留项目。有一次，孩子的爷爷给山茶树施肥，不小心过量了，没多久树就死掉了。再后来，无论他想在那块地上种什么，总也长不好。家里人总拿这件事情逗爷爷，说他爱花心切，把花给爱死了。最近每次回家，经过门口的时候总会想起爷爷，想着他给山茶树浇水、施肥的样子，也不知道他现在走到了哪里。我突然间明白，死亡不是凭空的意象，它是由无数个结结实实的事件构成的。

关于死亡，我给自己的答案是：每样东西都始于死亡；所有故事的核心都是与死亡的对峙；踏出的每一步，都是死亡的展现。活在这世间，任何最基本的生命状态都在受死亡的干扰。

失去母亲的子宫，失去时间，失去宠溺，失去安全感，失去自由，失去斗志，失去与人的亲密，失去亲人，失去容颜，失去独立生活的能力……当然我们也从很多地方得到慰藉：糖果、拥抱、爱、信任、自我的成长与创造……这些体验在生命中相互交织、彼此作用，我们就是这样在明明暗暗之中，走完一个人的生命旅程。

小时候喜欢看武侠小说和英雄电影。如今想来，所谓"英雄"是一种态度。即使还没有真正死亡，也需要时时刻刻承受着死亡的威胁。英雄们向世人示范如何面对死亡，他们会努力活下去，以证明死亡是有可能被战胜的。他们也会以英雄的方式赴死，为了理想、集体或是别的原因献上自己的生命，从而超越了死亡。

还有一种常见的"死亡"：某个人的精神、气质或个性以某种形式生着病，他正经历着深刻的不愉快。也正是因为这样，有众多电影、文学去表现它，我们被教导，要珍惜当下的生活，让我们学习用一种欢乐而幽默的方式去成长。但事实上这并不容易，我们总是觉得，所有事物明天依然会在那里，意外没那么快来临，因此往往都是等到即将失去，或者已经失去，才赫然明白生命的价值。这里的死亡不一定是指人，也许是樱花、风雨、爱人或是旅途中瞬间而过的美景……所有美好的事物都易逝。每一天我们都要经历无数次类似的情景，有些东西是初次相见，但见过之后就是永别。

记得九年前，有一天睡午觉，模糊中感觉有人温柔地推我。从梦中醒过来，我先是愣了一下，忽然反应过来是胎动。这个瞬间的记忆一直深深藏在我的心里，一个生命推动另一个生命，成为我一生中最美好的身体感受。从某种角度讲，它甚至超越了小时候被妈妈拥抱，也胜过了男女之间性爱的欢愉。这种生命的推动给了我很大力量，那一点点生命的迹象，骨与血生长的进程，让我惊叹发生在自己身体内部的奇妙，谁说生命不是一场英雄之旅呢？就在此时，一片小树叶被风从窗口吹进来，我拿起它仔细看了看，上面迷宫一样的叶脉和略微散发着苦味的汁液，让我感觉到了生的气息。

二　自由

如果不怕失去，你会自由一点

主持人：宁远
时间：2015 年 5 月 12 日
地点：大理"远 sofar"客栈

　　常常有人跟我说，真羡慕你啊，想做什么就去做了，活得那么自由。有的时候，他们会把"自由"换成"自我"，好像这两个词的意思是完全一样的。不管是"自由"还是"自我"，这里面肯定有不少的误解。我和菲朵、Yoli 聊过这种误解，不出所料，她们和我一样，都被太多人认为"越来越自由了"。我们三人确实有很多让人产生误解的共同点：同为母亲，都亲自带孩子，没有上班打卡，但也不是全职妈妈，好像有花不完的"自由时间"。同样都曾经是有"单位"的人，在大机构里供职，又都在某个时间离开了机构，成为"自由职业者"。都在做着看起来是美的，自己又喜欢的工作，好像更容易拥有"随心所欲"的自由。

　　真是这样吗？我们真的更自由吗？

　　我的大女儿小练三岁的时候，有一天我带她去亲戚家玩。亲戚家里有一罐糖，小练很想吃糖，她伸手去拿，亲戚一边制止她一边说："乖，叫我阿姨我才给你吃糖。"小练不愿意叫阿姨，但她真的很想吃糖，纠结矛盾了很久，不情愿地叫了，拿到糖的时候她并没有很高兴。

如果我们追求一样东西的方式是我们不喜欢的，就会带来不自由、不开心的感觉吧。还有一句不招人喜欢的实在话：人的每一种身份都是自我绑架，唯有失去是通往自由之途。仅仅谈论自由是无意义的，当我们谈论自由时，其实我们可能在谈独立、幸福、选择、责任、心灵的练习……

我想只能说：我们都走在追求自由的路上。

这次谈话发生在 Yoli 刚刚辞职不久，她从高校出来，成为一位独立教师。那一天，大理的天空一如既往地蓝，我们在这间和我的名字很像的客栈里聊了很久；窗外偶尔传来水鸟的鸣叫。那个时候我们约好，还要再来这间客栈住一次、谈一次。谁曾想到，不久后这间客栈就随着洱海整治的洪流，消失在了沙砾里。

宁远　在外人看来，菲朵"自由"的时间比较长一些。我的意思是你比我和 Yoli 都更早辞职，成为一个别人眼里的"自由职业者"。

菲朵　我经常被问到这个问题。周围的朋友总是感叹，说我的工作和生活太自由了，没有人管我。确实，现在的我比多年前在北京朝九晚五去上班自由很多。但是自由职业者并不像大多数人理解的，不上班、没人管、没有规则、不用负责任……人们把很多概念混淆了。每当讨论一个新的问题，我们总是需要先把概念清晰化，比如幸福、快乐、自由等这些看似很哲学的定义。自由职业，是有

规则的，需要自我管理的能力，当然，还需要充沛的创造力。如果只是自由自在地闲待着，人很快会陷入新的空虚。

宁远　Yoli 在开始这场谈话之前，也刚刚经历了辞职，你觉得辞职了是不是比之前更自由了？

Yoli　时间分配上更紧张，精力付出上更辛苦。我不会只想到自由，只想到把什么都卸掉，我会很清楚自由之前需要有更多的承担，我得先肩负起来。

就像我的儿子有一天抗议：为什么什么都要听你们的？我跟他说，如果你要对自己的生活有话语权，那就要证明你能为自己负责任。你能为自己的人生承担多少责任，就能对自己拥有多少话语权。所以，不要口头上争取，要真正地做给我们看。

自由，一定是带有前提的，要获得多少自主的自由，就要先负担起相应程度的责任。我一直都不觉得人会有一种绝对的自由，而且这也不可能，自由一定是有边界的。我们只能追求一定程度上的自由。如果为了自由，不去考虑生活中的其他人，不去顾及他们，这对我来说是不可能的。所以，我追求的自由一定是有一个度的，并且是不断地变动和调整的，就像舞蹈——感受周围的节奏，同时保持自己的平衡。

宁远　是不是可以说，自由是能自己做选择，同时承担这个选择带来的一切后果？拥有这种"自己选择"的能力，其实是需要去锻炼的。

Yoli 不知道为什么我有些质疑"选择"这个词。我常常在想，我们真的有得选吗？比如一件事的发生，到底是什么使得我会这么想、这么做？常常有人问我为什么会这样做选择，但我似乎感到，很多事情我根本没选择过，更像是顺势而为，只是因为我生来如此。我经常会感到在某个情景之下，我只能这么做、必须那么做，所以更多时候我会奇怪地想，到底是谁让我是这样的我。

宁远 但是"不做选择"本身也是一种选择。

菲朵 我倒是特别喜欢"选择"这个词。甚至喜欢到在生活的每个瞬间，都有意识地玩这个"游戏"。在生活大大小小的方面，选择当下对我来说最适合的答案，慢慢也成了一种很好的练习。小到穿哪件衣服，吃什么，走哪条路，要蓝色还是白色，买冰激凌还是汽水；大到选择什么工作，生活在哪座城市，爱什么人，要成为什么人……每次只选择一个答案，然后为它孤注一掷。对我来说，练习越多，选择越准，我使用自己权利的时候也就越有力量，得到的自由感也越多。

宁远 自由其实是有代价的。在一个大机构里，有人管着你，你会觉得不自由，但也因此省掉很多精力——只需要按照领导交给你的任务去一个个完成就好了。你每天能做到按时起床是因为上班要打卡，你手头上总有做不完的事，这也让你免于无聊、空虚。但真正需要自我管理的这一天来临，你会发现没人管其实挺可怕的。"睡觉睡到自然醒"带来的幸福感，远不如制定计划并顺利完成带来的幸福感强。你必然会意识到：自我管理并不容易。辞职了，很多时候你还是会被闹钟叫醒，而不是"被阳光和鸟鸣唤醒"。

Yoli 对。自由不是随意散漫，而是节制和承担。自由需要我们更善于管理自己，其实是对自己提出了更高的要求。

宁远 那，你们是越来越自由了吗？

Yoli 是。

菲朵 是的，相比几年之前，此时此刻我更自由了。我相信意识的进步是无穷无尽的，自由不代表不担责任，或抛弃很多东西，而是不再被奴役。被什么奴役？不是别人，而是自己的意识。事实上，我辞职以后，工作的时间倒是越来越多了，常常是一天十二小时的工作量。但是，我更快乐了，选择权也越来越大。

宁远 是心灵的自由，还是说在生活的选择上更自由了？

菲朵 都有在进步吧，选择并承担所有。相比之下，心灵自由更难一些，就像剥洋葱一样，你会看到自己一层又一层的局限和自以为是。十年之后，这个问题还会有不一样的答案。

Yoli 心灵上的自由。而且这个部分一旦被触发，就再也不可能回去了。生活中还是会有很多的限制，但这也是相辅相成的，恰恰因为生活中的这些身份束缚了我，把我逼到不能再被挤压的程度，我才看到了我，更清楚我是谁。少女时代，我虽然有很多自由自在的时间，但不知道能为自己做些什么，也不清楚自己的渴望。

宁远 我也觉得自己越来越自由了，心灵上的。说真的，我一点儿也不想回到从前，特别不想回到二十多岁时茫然无措的状态。那个时候一张青春的脸上写满了无知，我也根本无法掌控自己的生活，像个提线木偶般任境遇摆布。可以说，那个时候的我是不自由的，这里的"不自由"可能换成"不自如"或者"不自知"更准确。相比之下，我确实更满意现在的自己。

菲朵 有意思的是，我们感受到自由不算太难，但感受到不自由也非常容易。我讲一个特别小的例子，有一天我准备给孩子缝袜子，不小心针掉在了地上。我弯下腰，想把它捡起来，但因为它实在太细了，我捡了几次都没成功。那一瞬间，我感觉很烦躁，并且被这个烦躁控制住了。那一刻，我知道自己失去了自由。在你们的生活里，应该也会有很多类似的瞬间。所以，在生活中，带着觉知是很重要的。下一次遇到类似的问题，它就没那么容易能搅乱内心的平静。

Yoli　尤其是生了孩子以后，会发现很多深层的情绪不那么容易被掩盖，很容易就被激发，才因此意识到过去生命中很多不自觉的东西。但是我会觉得混沌一会儿也没什么不好，不可能一直在积极向上的情绪里。当我感到自己很烦躁、很混沌的时候，我会就让自己"糟糕"一会儿。这座城市里有着不灭的灯火，而我关着灯，让自己待在黑的房间里，感觉自己跟夜晚一样黑。在极其安静、孤独的黑夜里，我觉得这黑夜和"糟糕"的自己互相接受和拥抱，也变得一样可爱了。

　　这是我第一次一个人带孩子出来。现在这个阶段，身处在密实的关系里，做任何一个选择都会牵扯到身边人，在生活层面上这是没有办法的，也是必须的。但正因为如此，人才需要在精神上给自己开一个窗口，给自己一片自由的领地，让自己在精神上拥有一些松弛的余地。

　　菲朵　这么看来，不同年龄段，人们需要的自由是不一样的。童年时，人开始选择自己的朋友；十八岁的少男少女，他们的自由就是离开父母，拥有自己的天地，为自己做决定；到了二十岁，要按自己的兴趣去选择工作、选择爱人；再往后，随着年龄和生活内容的改变，每个阶段都有人们所需要的自由，但无非也就是选择。

　　宁远　嗯，我理解菲朵说的，自由其实和选择有关，一个人能感受多少自由，其实和他拥有多大自主权去做选择有关。在选择的过程中，人可以获得自由感，可一旦想要的太多，人反而不那么自由了。如果不怕失去，人就会自由一点。

比如说，当我还是个主播的时候，我害怕失去主播这个位置。我害怕在工作中会赶不上别的主播，害怕自己的饭碗被比我年轻、漂亮的新人挤掉。我越害怕，就越不自由。我不得不在自己不喜欢的事情上很努力，不得不做一些我不愿意做的事。但有一天不再觉得"主播"这个职业足够吸引我的时候，我就没有那么多"不得不"了。记得当时辞职的时候，我所在的机构用他们的方式来挽留我，但我会觉得他们的挽留（限制）很可笑，他们认为我会在乎的某些东西，其实我根本不在乎。所以，当你不怕失去的时候，你就有了盔甲。

说到盔甲，我又想到孩子。女人一旦有了孩子，真的就是那句话：突然有了盔甲，也有了软肋。一方面，孩子的到来让自己更无畏、更充满力量；另一方面，生命有了更多牵挂，那也是某种不自由的开始。

Yoli　在所有的自由之中，我更需要情感和精神的自由。就像远远说的，不要害怕失去。在关系之中，我是很讨厌被抓住的，我不想被人抓住，也不想去抓住别人。我不喜欢心中充斥着恐惧的情绪。我觉得恐惧的发生就是一种不自由，我会关注自己的恐惧，如果我害怕什么，那么我一定会试图看清楚它，并想办法去解决。

菲朵　自由是需要成本的。它不但需要情感的独立和成长，也

需要经济上的独立，这些都是组成一个人安全感的重要因素。你无法让一个不创造任何价值的人拥有很多自由。一个人的存在感、成就感、价值感、话语权决定了他自由的程度。这也是为什么我们要一直要求自己。

宁远　找到一件自己喜欢的事情去做很重要，它本身就可以带来很多力量。人是需要表达的，几乎所有的创造都是表达。比如说Yoli 在画画的时候，其实是在充分地表达自己对这个世界的认知。如果你什么都不做，只是在照顾孩子，所有的时间都是为了孩子而存在，那么在精神层面上还是会有不满足。有一天孩子会长大，他们不再需要你，所以，女人还是需要做一些创造性的事情才会有满足感。

Yoli　是的，充分传递真实的自己是自由的第一步。但很多时候，我们真实的感受被阻碍，并且被过多评判。曾经有个小孩子，在我这儿画了一个黑色的太阳，后来被他的妈妈批评，说太阳应该是红色的。我跟他妈妈说，别着急，听听他怎么说。结果小男孩特别可爱，他说，因为我每次看太阳的时候，眼前就会出现一个黑点。

　　其实，他只是说出了自己的观察、感受，而这也是我们每个人都有的一种真实体验。正是在这个过程中，人与人之间可能产生真实的联络，但很多时候，因为我们无法表达自己的真实感受，这种可能性就被切断了。如果我们不能察知自己的感受，我们与自我的连接就被切断了，我们本真的传达也会因此受阻。所以，人最根本的不自由是我不知道我是谁。

菲朵　我很理解那个小男孩，也曾有过和他类似的经历。小时候，我写作文或记日记都是东藏西藏的，特别担心家里人看到，仅仅因为有那么两次，妈妈看了我写的作文之后，哈哈大笑。对于一个不那么自信的小女孩儿来说，她并不知道那种笑意味着什么，有点儿心虚吧……我特别希望有一天，自己的内心世界对家人完全敞开，但又明白特别难，被支持和赞赏依然不太容易。这是我最深的不自由，也是我最大的渴望。

成年之后，结婚生子，这种匮乏依然深刻地停留在我身上。写作成为我的一种障碍，不敢表达身为一个独立女性最真实的那个自己，担心因此带来冲突，这种表达的不自由感困扰了我很久。但是家庭、婚姻、关系是一个人失去自由的产物吗？我觉得并不是的，我始终相信爱的指向是真正的自由，并使他成为他自己。

Yoli　从你说的这个层面上来说，我们更希望有一种精神上的自由感，并且有一个表达的载体。用做衣服、摄影、画画、写作或是什么其他的方式，类似于一个平台，借此与世界建立连接，而不是通过人际交往或者征服别人来证明自己。人与人在一起，各自有其道路，充分成为他自己的同时，也尊重他人的存在方式。

宁远　我还发现，一旦我投入做一件自己喜欢的事情时，会感到很自由。比如说我做一天的手工，做衣服或者画画。这种投入的、把自己全部精力放在一件简单、不需要太多人配合，又可以走得很深的事物当中，当你完全沉浸其中，整个人就彻底处在一种自由的状态里。所以，写作对于我也特别重要——我在写作里获得自由。

Yoli 我的一个学生曾经问过我这个问题：遇到很烦的事，心里本来特别生气，但是画幅画之后情绪就好多了，也没那么生气了，这是为什么？其实，这就是与自我相处的妙处。生活中有很多时候，我们要面对各种评价和标准，也会和这个世界产生摩擦，这让人深感疲惫。身体需要休息，其实精神也很需要在某个时候放松下来，得到静养。一旦我们找到了途径与自我相处，世界就会退到我们身后，所有的困扰也会自然而然地松绑。不被这个世间的烦扰所绑架，是一种自由的层面。

宁远 还有一种自由，是你跟万事万物保持一定的距离。我做主持人的时候，别人会觉得我不像一个主持人；我在做老师的时候也不像老师。我不会被这些身份绑架，因为我知道自己是谁，我不会觉得老师应该是什么样，学生应该是什么样，不会把自己职业化。当我有意识地把自我和职业分开一点，我就自由了很多。

Yoli 用职业身份界定一个人是一种固化的认识，一旦你认同了，那么你就成了巩固这种固化的一部分。所以，我们多么需要保护孩子那种流动的自由啊。小孩子很多简单的表达是非常珍贵的：

妈妈我饿了，妈妈我想回家，妈妈我不喜欢这样……他甚至会说，妈妈我不喜欢这个人。那个人可能就是妈妈的朋友。

菲朵 哈哈，是的。有一次，孩子的老师去我们家家访，到了晚上 8 点，孩子想睡觉了。他就直接对老师说："老师你回家吧，我该睡觉了。"大人们会觉得很尴尬，只有孩子可以心安理得地说真话。成年人把说真话的勇气一点点磨没了，反而让很多事情变得复杂。当你在表达自我感受的时候，大部分人会觉得不符合社会标准，潜意识里其实是一种害怕。当然，自我并不意味着伤人，它完全可以是温和而坚定的。

在我们所接受的教育里，没有说"不"这个技能。但这个能力其实是很重要的，它带来更多的自由。

Yoli 是的。我依然在学习如何真实地表达自我，同时不伤人，这真的需要反复练习，也是绝对值得花精力去做的。我最近尝试说了几次"不"，发现也没有那么可怕，结果也没有想象的那么糟。事实上，很多"不"如果没有及时说，一直拖下去，最后反而会带给彼此更多的伤害。

菲朵 在必要的时候说"不"是我们的责任。不被别人的"不"伤害，也是我们成长过程中必须学习的能力，这是一种双向的解放。

宁远 是的，我很同意你们的说法。事实上，敢于做选择，敢于取舍，敢于对身边的人事说"不"，这些都是自由的开始。最终你会发现自己并没有失去什么。不怕失去，才会自由。勇敢一点，才会自由。看见自己的渴望和喜欢，接受它们，就不会慌乱无措，对生活有所把控，才能自由舒展。建立在满足和安全基础上的自由感，不仅不怕失去无关紧要之物，而且会勇敢追求真正所需之物。

曾经害怕跟人不一样

宁远

"不一样"这三个字，在很多语境下应该是正面的、积极的吧，但很长时间以来，它们对我是一个折磨。曾经特别害怕跟人不一样，这种"特别"，到了很严重的程度。现在回想起来，最开始怕跟人不一样，应该是从小时候频繁转学开始的。

小学读过三所，初中两所，再加上一所中专，一所读了不到一个月的高中。我总是在刚刚适应环境的时候"被离开"，去一个新的集体。班主任一只手拍在我的肩膀上，一只手挥舞着，对着满教室的新面孔：来来来，今天我们班转来一位新同学，大家欢迎她。这场景以及由此而展开的"新同学生活"像个噩梦，塞满一个小女孩的童年。

印象最深的是小学毕业进入一所重点初中，在班级里慢慢有了三五个好朋友，我们无话不谈。但是突然有一天，这几个好朋友集体不理我了，没有人告诉我到底发生了什么。我在那种被抛弃的感觉里生活了几个月，直到又一次转学。说起来自己都觉得有点荒唐，

但一个小女孩的自我保护机制就是这样建立起来的。只有融入群体才会有安全感，"请你们忽略我啊"——表面看来是不想被大家看见，潜意识里是想得到群体的接纳和认可。

害怕在一个群体里"不同"，不管出于什么原因。只有成为人群中的大多数才会有安全感。学习成绩不能太差，但也不能太好。如果全班的风气是坏学生受欢迎，我就要把自己也装得有点坏。春天第一个穿裙子的女生当然不可能是我，但我也不能成为最后一个……总之，"中不溜"就万事大吉。当然，道理我都懂，勇敢接受自己是不一样的，因为每个人都不一样啊。我也在很多时候，努力让自己突破这个心理障碍。比如尽力不为自己个子长高而在人群中感到抱歉；比如上大学的时候老师问起你们谁是从农村来的，全班同学只有我一个人举起了手；比如选择不一样的专业：成为在人群中需要第一个开口讲话的主持人。这些特别的、敢于接受不一样的时刻，过后看来，总是我生命里闪光的时刻。

上大学的时候有一次坐公交车，站我前面的一位女士突然倒地，女士周围的人四散开来，我离她远些，条件反射就是要跑过去扶，但看见四散的人群，一下子就迈不动步子了——不是怕被讹，仅仅是因为这样就和人群不一样了。没有这个心结的人可能难以理解，这是一种多么大的考验，至少有一分钟，我就站在那里，任由矛盾撕扯着。之后才鼓起勇气走过去扶起了摔倒的女士，叫停司机，打120，在周围人复杂的眼神中扶那位女士下了车。这一事件美好得使那段时间的空气都变了，仅仅是因为：我在那个时刻敢于不一样。

大学毕业后，我在高校工作的同时进入电视台做记者、主持人。在这两个单位里，我同样面临很多"我跟他们不一样"的困扰时刻。在电视台，我是新闻中心唯一的兼职主持人；在学校，我是在电视台上班不务正业的老师。

那个时候，在电视台这个"单位"里，整个文化是大家都以混日子为乐，做事情嘛，差不多就可以了。这样一来，那些努力做事的人就会不同，就会招来人民群众的关注。比如身为主持人，我如果还要主动申请去跑一线当记者，每天费神写稿或者在编辑机前忙碌时，就会有声音传来："哎哟，当主持人挣的钱还不够哇。"这个时候，你如果回答"我只是热爱工作"，别人多半会把你当怪物的。

有很长一段时间，我以为我的人生就是这样了：每天按部就班地工作，工作不能太差也不能太好，完成任务就行。穿衣服也不能跟别人太不一样。主播嘛，名牌是要有的，职业女性当然是要化妆的，高跟鞋能提升气质，包包至少也得是 COACH。每天和同事们在工作之余，谈论时尚资讯，讨论哪个商场哪个品牌设专柜了，喝星巴克咖啡，看国产电影……每一次推不掉的饭局，对我都是一场巨大的考验，实在不想站起来跟人推杯换盏，又害怕被人认为是在扮高冷。千万不要被人看见你包包里放着一本《百年孤独》，否则"哟喂……"这种语气就会从办公室的某个角落传过来，继而引发大家种种说不清道不明的、怪怪的讨论。

我实在是害怕这样的场景，所以几次以后就学得乖乖的了。见了化妆师就跟她聊化妆品和减肥，见了爱吃喝的摄影师就跟他讨论哪家馆子上了大众点评，见了领导嘛——最好不见，躲得远远的。

如果想要安全感和认同感，你只有一个选择：变成和他们一样的人。在高校工作也同样如此，在所有人都忙着写论文、评职称、分房子的时候，你如果一门心思只想把书教好，多多少少就会成为异类。"她有钱，她当然不在乎""她在电视台还有工作，她来这儿只是玩儿"诸如此类的评价，仅仅是因为，你只想做个教书先生。要是一不留神被评为劳模，每年去领那几百元的劳模慰问金，就变成了一件需要偷偷摸摸完成的事情。

可是，每个生命都是不一样的啊，每个生命难道不应该活出自己的不一样吗？因为害怕不被理解，害怕不被认同，害怕"一个人"，拼命让自己淹没在人群里，在得到周围人接纳的时候，你却无法接纳这个别扭的自己。所以，到了某一天，你必然要革了自己的命。

直到某一天，我听见自己身体内，地动山摇地崩裂。Yoli 送我一幅画，画中是我在给自己缝制翅膀，翅膀从我的背后合抱着我的身体，针线翻飞中，笑中带泪。我理解了画的深意：成长伴随着疼痛，我们在修修补补中接近那个永远不可能完美的自己。每一次飞翔，都是因为我们的伤口上长出了翅膀。

我伸展双臂，
也不能在天空飞翔，
会飞的小鸟却不能像我
在地上快快地奔跑。

我摇晃身体，

也摇不出好听的声响，

会响的铃铛却不能像我

会唱好多好多的歌。

铃铛、小鸟，还有我，

我们不一样，我们都很棒。

　　这是多么自然的认知，我一遍又一遍地领着孩子们读金子美玲这首诗，我希望我的孩子就生活在这样一个美好而自由的世界，永远不会有"不一样"的困扰。

打开你的翅膀去寻找自由

Yoli

我妈妈这辈子最得意的事情是她从来没有穿过裙子，也从来没有跳过舞，她的衣服都有领子，她不喜欢我那个爱跳舞的舅妈，总会提到她为了跳舞都可以不给孩子做饭。是的，我妈妈最自豪的是她一点都不女人。

我妈妈很勤劳，能吃苦，从不发火，只是喜欢哀怨。她的哀怨绵绵长长、曲曲转转，跟她手中的毛线一样看不到头，一针一针戳到她生命的骨髓里去。她在这个家庭里努力地编织，努力地缠绕，她的得意在此，她的困惑也在此，卷啊卷啊，乱在一团，看不到头在哪里，也看不到结在哪里。

我把我的妈妈写在文字里，许多次有人走近来跟我说：我的妈妈也是这样。我开始意识到，我的妈妈不是一个单独的女性的存在，她是千千万万个母亲的层层叠影，许多母亲都是这样，许多女人都是这样，不敢伸展她们女性的手脚，只得在一团乱结中摸索，不知道打开哪一个才能解开幸福。

我听过许多女人在我的课堂上讲：我终于可以画画，喜欢花，追求美，在小时候是不敢的。多有意思，在女人年少时，爱美是一种罪过，你活在这副女性的身体里，却不能去舒张它，否则就是个错误。而在女人历经沧桑后，没有美又成了一种罪过，你那副空空落落的躯体终于只能在岁月的风声里发出簌簌的响。

这个春天，有个女孩问我：怎么才能一次就找到 Mr. Right 呢？

我回答她：虽然我只谈了一次恋爱，好像是一次就成功了，但当初我是怀着"反正都要经历失败"的心情去开始的。有时常常是这样，你一心想着要成功，结果往往会失败，索性放开手，尽情去享有当下，发现也死不了，而没有打倒你的，终究会让你更美好。我们常常告诫年轻女孩子要谨慎，谨慎付出，谨慎选择，因为一旦爱错了，结局很惨。但这会让我们一开始就目的心太强，姿态也太紧绷。我要告诉你，爱错了一个男人，没什么大不了的，你的人生不会毁灭，世界也不会崩塌。不要被这个世界欺骗，勇敢去爱，别怕犯错。然后，不管经历了几次失败，请你依然要相信爱，依然要真诚地去付出。最后，不管你年龄多大，请你始终相信自己依然有所选择。爱和幸福并不在男人那里，爱和幸福在你手中。不是你找到一个什么样的男人，你才会获得幸福，而是你要让自己成为那种，不论有没有男人、跟哪个男人在一起，都能让自己活得幸福的女人。

这个世界一直在欺骗女性。

从她还是一个女孩儿的时候，我们便教导她：你是弱者；女孩子就是要等待被照顾、被呵护；你是没有力量的，你是空的，你是匮乏的；你不要主动，你要被给予。女孩儿们的学习，更多是指向一种交换，如何拥有更多的砝码去与这个男性世界交换，交换更好的生存，交换更多的关照与养护。

男人的路是直的，而女性之路却生来曲折，男人可以直接在这个世间求取生存，所以他们可以直接，也被允许直接。而女人只能折射，不能直接发出她们的光，不能直接说出她们的渴望，她们得使用一些方法让别人替她们来讲出她们的话，她们生来就要学会察言观色，把心思训练得深幽而迂回。一代又一代的女人告诫女人"不，你不能没有掩饰，毫无防备""不，你得留一手"，为什么？不是女性生而繁复，而是这个世间从不允许女人走一条简单而直接的路，她们只能通过获得男人的怜爱而谋生。

从古至今，从西到东，一个爱失败了的男人，可以继续结他的婚，生他的孩子，依然可以保有他体面的人生。甚至他们还能有大把闲适的光阴将心的伤痛酿成酒，将他的忧愁和失意化作乐章和诗篇。而女人呢？一个女人爱失败了，意味着现实世界和精神世界的双重崩裂，她的结局往往惨痛凄绝，极少有可以保全的。她要么身死，要么心死，即使活着，也只能是苟且地活，甚至就此沦落。女人通过一场失去的爱，会领略到人心最深的恶和世间最刺骨的冷。

两性关系，对于男人来说，是锦上花朵，而对于女人来说，却是"一步天堂，一步地狱"，全不由自己掌握。这一切当然不是因为女子本弱，而是因为男女之间所谓爱的幻梦并不对等。爱不平等，还有所谓的爱的尊严和自由吗？女性被剥夺了翅膀，却还被教育

"世界本来就是如此的"。

历史上当然有极少极聪明的女人穿透了这些，索性赤裸裸地交换，将生为女人的劣势转化为资本，彻底而直接地利用男人生存，反客为主，让制造牢笼者反被牢笼所缚，她们以弱者之身与男人齐头。然而呢，有几个没有背负骂名？历史用这种方式，让那些一代又一代被驯服的女性们知道：打破规则，是没有好下场的。

生而为女人，该怎么活呢？"to be or not to be"，这确实是个永恒的问题。

从在锁链中挣扎，到挣脱锁链，到适应没有锁链、没有喂食、没有依附，到真正臣服和接受女性之身，我们还需要漫长的适应时间。是的，我们必须先承托生为人的责任，安身立命于天地之间，才能谈论女性的自由。没有承载的自由是虚妄的。

我们没有意识到，今天我们身为女性，有机会拥有一种前所未有的生命的自由。我们不再需要依靠娘家、依仗男人、依托儿子，我们的根可以直接扎在大地上，我们可以自己汲取、自己赋能、我们可以自己安身立命。这意味着我们与男性之间，可以拥有一种前所未有的爱的平等和纯粹。可以真正成为一株木棉，在橡树的身旁，以两棵树的姿态站在一起。

男人不再是承托我们生命意愿的载体，不再是钱包，不再是养老院；男人不再是我们生命的目的，而是真正成为我们的伙伴、我们的伴侣、我们的合作者。我们可以纯然地给予彼此快乐，而不带有任何求取和目的。我们可以不必再把大量生命重心用于揣度对方的心思、疑虑对方的付出、诚惶诚恐于对方的评价，我们可以不必在人与人之间构建那么多的防备、试探和质疑，我们可以将更多的心力用来丰满自己的羽毛。

当然，这不仅需要更自信的女性，还需要更自信的男性。我们并不是要比男人更强大而有力，我们并不需要压倒什么，我们只是如一棵树一样立起来，我们终于把力量放回到自己的身上。只有独立才会让我们之间更加亲密，只有彼此都获得完整，我们才会更加体谅对方，我才能够借由我抵达你。女人才没有必要成为"钢铁一样的女人"去找补、去印证、去歇斯底里。只有这样，女人才能真正活出自己的绵软与柔韧，男人和女人之间的联结才会更加鲜活而有趣，我们需要男人与我们一起，男人和女人都应该对此没有恐惧。

如果我们愿意追溯到更远古的神话，我们会发现，在人类古早的文化脚本里，女神是富有创造力的存在，是有思想、有智慧的存在，甚至有足够的力量去保护她的男人。女神和男神一样有力，都是拥有独立意志的存在。女人才不只是男人的一根肋骨。只不过是因为女人成了男人的附庸，女神才呈现出善妒的形象。

女孩儿们，我们要永远对这个世界保持温和与警惕，不需要对抗它，但也不要让它欺骗了你。你并不是心胸狭窄的，你并不是迂回曲折的，你也不是匮乏空洞的，你永远有所选择，你可以活得丰盛而辽阔。我们要翱翔在这个世界的迷宫之上，看清人心的迷障，并穿越它。

生而为人，路是漫长的。

一个女人要走很远的路才能成为一个女人。她必须风尘仆仆，而目光灼灼。

她必须有足够的叛逆，这叛逆要使她能冲破捆绑与束缚，又不至于将自己倾覆。她还必须要足够的冷静，以至于去识别，识别那些包裹在温柔甜蜜夸赞中的泥沼。而这些力量与理性又不该使她过于强硬，而丧失对生命的温柔。她应该温柔，倒不是因为她是女人，而是她必须将她自己接纳，温柔地接纳那个叛逆了世界的自己，温柔地拥抱那个孤独上路的自己。温柔只是因为，她是她自己的幸福之所在。

三 爱情

恋爱中的女人

主持人：菲朵
时间：2015 年 6 月 22 日
地点：北京　黄鹭家

  离开北京六年了，虽然它的交通拥挤，空气质量糟糕，但我还是喜欢它。生命中最美好的时光，从二十一岁到二十九岁都是在这座城市里度过的。我工作的方向，生命中最重要的朋友，都是从这里生出根系的。当然，这里也曾有过我的爱情。

  2015 年的夏天，我从大理起飞，和宁远、Yoli 在北京相聚。22 号这天，我们一起去看望老朋友黄鹭，她是一名儿童摄影师。黄鹭和她的漫画家丈夫白关，于 2014 年春天移居北京郊区，过上了城市边缘的农耕生活。早在几年前，就听黄鹭说起过他们的故事。两个人在旅途中相遇，之后白关继续他的旅程，黄鹭回到城市开始创业。但时间和距离没有将他们拆散，几年后，两个人决定生活在一起。他们把家安在靠近怀柔的村庄里，一个画漫画，一个摄影，同时还开垦出几亩田地，过起了幸福的小日子。这对爱人把自己如今的生活称之为"不完美星球"。很自然的，在黄鹭家，我们聊起了爱情。

  我理想中的爱情，是两个人既可以朝夕相处，也可以久而不见。无论对方做什么，都能够给予信任和支持。不需要过于黏连，太近容易受伤；也不能太远，太远了就没有爱情的基础可言。这样的爱情自然不会多见，需要遇到旗鼓相当的对手。大部分时候，"爱情"这种情愫对男人和女人有着不同的意义，或许这就是人们之所以产生分裂的主要原因。因为醉心于不期而遇的快乐，便期望这样的事情一再重复，从此后生命的重心都趋向对方，这真是一件又美好又无奈的事情。

二十岁的时候，常有朋友问我，你是希望找一个爱你的人，还是你爱的人呢？爱情当然是两情相悦的事情，但如果只是为了享受被人呵护、被爱着的感觉，那也未免太过于功利了。在感情上，我一直是付出型人格，遇到喜欢的人，肯定是掏心掏肺的。朋友笑我："别傻了！要想得到幸福，你最好还是选择一个爱你的人。"

是这样吗？这样的爱会比较自由吗？会让我变得更好吗？什么是幸福？我们是否对这些名词的理解产生了什么误会？也有很多"过来人"告诉我一些人生经验，他们大多聪明，做事有规划，银行账户上有资产，也有广泛的社交活动和资源。但你总觉得缺少了些什么，也许是生命的诗意，也许是自由，甚至是真实的危险。"现实"这门功课人们总是学得很快，但现实令人变得局限，它不会丰富并解放人们。爱情之所以令人着迷，盲目是其中一个重要的原因。我们总是抱怨遇不到慷慨有爱的灵魂，却没有意识到那是因为自己变得越来越世故了。

在这爱与被爱的道路上，每个人都破绽百出。究竟有没有一种爱情，令人对自己的选择完全承担，从来不去寻找借口；人们选择对方不只是满足自己的私欲，不只是寻求某种依赖，而是爱上了一个完整的对方，与此同时也成为完整的自己；他们之间的爱情不是占有，而是分享，并且因此体验到生命的自由；他们承担自己的选择所带来的一切后果，尊重自身的情爱欲求，但又不沉溺于对彼此的寄生和依赖？我相信有这样的爱情模式，如果没有，我想去创造。

反观一段关系里，那个不害怕、不退缩、不囚禁自己想法和情感的人，反而更容易拥有幸福感。爱人们应该鼓励自己头脑发热，允许情感的扩张和不稳定，去经历那些混沌的状态。我们一定会遇到爱，那个心目中期待的伴侣，那个曾经被社会、政客、老师、父母、丈夫或者妻子毁掉的东西。但前提是必须解放现有的恐惧，这不是一件容易的事情。

如果我爱上了谁，那一定是我生命中魔法显灵的时刻。

菲朵　远远和 Yoli，谈谈你们的爱情观吧。

宁远　我在还没有遭遇爱情的时候，青春期就靠对爱情的想象来面对每一个黑夜了。那个时候对爱情的想象是文学式的，看了很多小说，投入进去就出不来了。比如罗切斯特和简·爱、斯佳丽和白瑞德，当然还有杨过与小龙女，甚至孙少平和田晓霞……这些爱情飘浮在我的生命里，直接让我成为一个爱情原教旨主义者。也因为这些想象，当真实的爱情来到生命里时，我完全接不住，很快就逃离了。初恋一地鸡毛，青春很快结束。

至于现在，爱情就像个秘密。我的意思不是"我的爱情是个秘密"，而是爱情本身是个秘密，我也拿爱情没办法，但它仍然吸引我。总之，爱情这件事，不是通过勤奋就能习得的，也不存在经验可以传授，它类似于某个瞬间神的眷顾。文学作品里的爱情当然也还会打动我，毛姆有个长篇叫《寻欢作乐》，里面有句话令我印象深刻：你以为你道德高尚，就不寻欢作乐了吗？

菲朵　我不会因为孤独去爱一个人，但会被一个人身上散发的光芒所吸引。理想中的伴侣需要有一颗成熟的内心，他是自足的，我也是自足的。爱情对我来说，就是我们分享彼此的丰盛与光芒。

Yoli　我的爱情经历非常简单，只有一段，从初恋一直到现在。我喜欢把人与人的关系处理得简单，人际关系和情感关系都是。我希望保持我对感受性的敏感度，就像我不太吃刺激性的食物一样，我不想过多消耗我在情感上的感受性。而且我对男人没有什么幻觉，我不会被一个男人在我面前展现的强大和才华所吸引，事实上一个男人越彰显这些，我越感到他很虚。恰恰是在看到一个人的脆弱的时候，我会被打动，我喜欢人身上那些残缺而真实的部分。我理解的爱像空气一样，是活着的必需品，但不应该产生任何负担，不需要刻意地存在。这么多年了，这依然是我喜欢的关系和状态。

菲朵　你们有没有真正爱过？我的意思是，那种完全没有保留的付出？

宁远　有。这世上没有永恒的爱，但会有很多个瞬间是永恒的。当你提出这个问题,我眼前看见的就是一个个瞬间:一个眼神,一个微笑,某天的一个拥抱,细雨中一起牵着手……我确定在那么多瞬间里我爱着,也被爱着。此时想来,心里有无限温柔,也升起一点悲伤。世间种种,那么真实,又如同幻觉。你必须承认,爱的深处是有悲哀的。

Yoli 从一开始,我就会跟我的伴侣说,我们在一起的每一天都是为爱尽力的日子,但是对我来说,能够在为爱尽力的路途之中就很幸运,我不太在意最终抵达了没,以及什么时候抵达。

菲朵 三十岁以前,我以为自己很懂爱,后来发现自己一直活在自欺中。我是付出型人格,从小很独立,从来不给别人找麻烦,在爱情关系里总是飞蛾扑火,每一次都看似是无条件地付出。但我知道自己这种强烈的情感其实暗藏着很多渴求,并希望借此得到某些证明。这些年我一直在修正自己的这些问题,学习着在付出和接受之间,保持平衡。

宁远 我欣赏菲朵对待爱情的坦然和勇敢。在我看来,菲朵的勇敢是建立在探索和理智之上的勇敢,是认真思考后的主动承担,是"我看清了它,它有那么多局限,但我仍然守护它"。我对爱是不自知的,可能我把理智的一面都留给了工作和生活,在爱里,我多数时候还是个没有长大的小孩子。

菲朵　遇见一个人，爱上一个人，不算最难的事。难的是相爱之后如何相处，出了问题该如何解决。爱情对你们来说意味着什么？

Yoli　爱对于我来说，是像信仰一样的存在，是我生命中最坚实的深层的相信。我从小就觉得我内心这个爱的世界是很难跟人言说明白，也很难被人理解的，但是这不重要，我对爱的深信是不需要被理解和支撑的，也不想被干扰和指导。我只想在爱的世界里独自上路，我觉得爱让我深刻地理解了孤独，在那个孤独之中，我有一个完全的我。如果没有爱的能力，我可能就失去了人生唯一的锚点，爱是我与这个世界建立关联的最重要的路，只有爱会使我深刻反思自己。

菲朵　当我爱一个人的时候，整个人会变得柔软，有充沛的创造力，并且有想要分享的动力。生命中缺少爱的时候，我就没办法与这个世界建立联系，内心充满了抵抗。爱对我来说是一种巨大的能量。不过有趣的是，那些为爱受苦的日子，到后来也都成了珍贵的回忆，那是玫瑰有刺的部分。

宁远　爱情非常美好，但不是必需品。

Yoli　爱情未必是必需品，但爱一定是。

菲朵　第一次感受到爱是什么时候？

宁远　十二岁就暗恋过别人，但没有勇气告诉对方。

菲朵　他是我的绘画老师，当时他二十八岁，我十六岁。现在回想起来，那应该是我作为一个女人感受到的最初的爱。除了父亲之外，他是第一个对我产生内在意义的男性。

Yoli　不确定，我一直对人们所说的爱保持着警醒。在我的同桌那个男孩害羞低下头的时候，阳光下的他泛着半透明的光，那个瞬间我觉得他非常可爱，那一刻我心里很明亮。但在那个时刻我并没有强烈地想要什么，但人们告诉我，爱就是想要抓住，而我对那种强烈想要抓在手里的爱一直充满困惑。

菲朵　以过去的经验，你最喜欢用什么方式来表达爱？

宁远　为他煮饭，一起看电影，拥抱，亲吻，性。

菲朵　爱上一个人的时候，就想为对方做很多事。照顾他的生活，为他买礼物，给他做好吃的，在对方面前温柔乖巧得像一只猫。除此之外，想要不断地精进，希望自己成为一个更好的人。

Yoli　一起静静地待着，知道你在我在，就很好。我喜欢我们彼此能够袒露真实，袒露彼此的阴暗面。我相信如果我们想要得到足够好的东西，那也必须接受足够坏的东西。

菲朵 很多人说恋爱挺辛苦的，也许是遇到的人不太对？我的体验是，只要真心地爱一个人、爱一份工作、爱一种生活方式，就不会觉得很辛苦，那份内在的满足感远远大于其他的感受。尤其是当自己还处于爱的幻觉中时，幻觉这种东西，在爱的过程中挺重要的。人类需要幻觉，哈哈！你们会觉得爱一个人很辛苦吗？

宁远 爱本身不会让我觉得辛苦过。但如果爱一个人很长一段时间没有回应就会辛苦吧，《一个陌生女人的来信》里的那种爱，实在是很辛苦啊。

Yoli 我没有因为爱而觉得辛苦。让人感到辛苦的那就不是爱了吧。但我也不能确定，是否真的如此，还是我没到时候。毕竟有很多事情在当下很可能是不自知的。希望等我老了，好好回望我所历经的爱。关于爱的理解是会不断生长的，此时留个记号在这里，留待以后再看。

菲朵 当爱情变成了亲情，会感到失落吗？

宁远 爱情变成亲情是最好的结果了吧，否则还能怎么样呢？

菲朵 知道这是一种必然，但还是会有遗憾，它有可能会成为人们得过且过的借口。我还是相信，可以在爱情和亲情中找到平衡。

Yoli 这正是我喜欢的爱情的伟大。爱情让我们去爱一个没有血缘关系的陌生人，接纳他，直到像接纳自己的亲人一样，我可以把我的后背交给他，把我的软肋祖露给他，两个没有血缘的人能像流着相同的血一样地互相信任，并且自然而然毫不刻意，我觉得这就是爱情的意义，它让我们有机会变得更加宽广。

菲朵 你们能接受爱是自私的这种说法吗？

宁远 爱情是自私的，没什么道理可讲的。

Yoli 噢，我可没有办法忍受自私的爱，没有人可以以"爱"为名捆住我。

菲朵 这个问题问得不太精准，自私有两个角度的解释。
一个好的恋人，首先要懂得关注自我。了解自己的能力、渴望、创造力和体验，并且专注于完善自己的真实身份，只有在满足了自我的基础之上，才有能力去爱别人。但如果把握不好，也会被人评价为"自私"；另外一种自私是，在日常生活中我们经常把"我爱你"挂在嘴边，翻译过来其实是"我执着你，我依赖你，我想掌控你，我为你付出了很多，所以你也应该用相同的方式来爱我……"这种自私的爱在日常生活中比比皆是，以至于很多人觉得理所应当。

我无意去声讨日常的爱，也知道人们都在不断地修正和进化中。但有没有一种可能，人们在学会爱自己的同时，给予伴侣稳定的、不捆绑的、趋向自由的爱，这两种自私是否有平衡的可能？

宁远　我很多年前会觉得，爱情就是一个匮乏找到另一个匮乏，然后两个人就不匮乏了。超越这个，我们还要爱情干吗？如果自身就能走向圆满，真的就不需要另一个人了。

菲朵　一个匮乏找到另一个匮乏，总有一天会变成灾难吧，哈哈。

宁远　是的，年轻的时候也确实变成了灾难。事实上，最好的爱情应该是"棋逢对手"吧，两个独立的人，因为喜欢而彼此靠近。

Yoli　我认为爱是一场穿越之旅，我们去爱的那个人是一面镜子，是来映照我们的。只有爱能引导我们去深刻反思。当我不爱我自己的时候，我渴望用他人的爱来填满恐惧、缺失、幻觉，不断想去捕捉、确认、证明，可怎样也是填不满的。而当我明白这个世界上最需要爱我的那个人不是某个"对"的人，而是我自己的时候，我心里那团黑洞就消散了。所以，爱引导我们走上这条穿越之旅，去做关于我们自己的功课。

菲朵　你们如何看待"爱的幻觉"这件事？

宁远 很多时候爱就是一种幻觉，但这个幻觉会在我们的日常之爱里形成某种指导，它像一束光，照亮生活里的庸常。人是需要幻觉的。就像在宁静的夜色里抬头看月亮的时候，知识告诉你，那里坑坑洼洼的地表上面缺少人类必需的水和氧气，但你还是忍不住想起玉兔和嫦娥。

菲朵 之前的爱情，每一次到来的时候，我都觉得很对，就是他了！他就是我等了很久的那个人。可是后来当我们生活在一起，我却逐渐意识到，所谓的"爱"有很大一部分出自于自己的幻觉。那个幻觉的潜意识是：他是完美的，他可以填补我的匮乏，可以安慰我的委屈。当然，后来发现他只是他自己，有他一路走来的因果和轨迹。两个人的感情类似于共修，如果方法得当，会沉淀为对生活的欣赏和感激。我也特别同意远远说的，每个人都需要一些幻觉。

Yoli 噢，我从来没有感到一个人是完美的，也不觉得谁可以拯救我。当我看到一个男孩子在我面前很紧张时，我会觉得：哈，你也紧张，原来你跟我一样。每当我看到一个男人不完美的时候，我会一下子变得柔和起来，我蛮喜欢人身上那些脆弱的部分，那是一种我很需要的感觉，好像在接受对方的时候，我自己某些部分也被接受了。

菲朵 你们觉得日常生活中会有高品质的爱吗？

宁远　有的，那些珍贵的瞬间都来自日常，当然是高品质的。世俗的爱充满了烟火气。我早就发现了，轰轰烈烈的，伟大的爱情故事最后的结局都是"爱而不得"或者爱以后很快经历"失去"，完美的故事又永远只出现在童话里。身为一个平常人，就安于平常的爱吧。

Yoli　爱难道不就该落实于日常生活吗？无法进入日常生活的"爱"反而存在着某种精神上的匮乏。我特别容易被日常生活中体现出来的一些爱的细节深深打动。

菲朵　可以享受饮食男女的日常之爱是一种福报。从精神角度看，有，但不会多。我觉得爱情不是人生的目的，而是一个完善自己的过程和机会。高品质的爱不是为人们提供安全感的工具，而是不同的人各自求真道路上的同行者。彼此映照，对世界有更深刻的认识。

在现实生活中，情感就像是一个硬币的两面，最最静好的心愿和最最沮丧的心情永远相依相连。任何事情要剖开来看真相，都是会叫人心疼的。

人们在日常生活中更多地感受到了制约、依赖、抱怨、谴责、捆绑……我们看到彼此的虚弱，尤其是当人们以爱的名义存在，却一直制造着伤害的时候，就更令人沮丧。我不认为爱的目的仅仅是提供愉悦和安逸的日常生活，它也会搅乱你所有的渴望和不安。人们在爱的面前总是破绽百出，但我们为何要追寻爱？既然这是一种常态，既然它喜忧参半。我想，那是因为人类需要进步，爱的品质也需要优化。高品质的爱始于一个人有能力独处，那份爱是基于分享而不是索取。

Yoli 日常之爱，并不意味着只是庸常，只是彼此需要和依赖的关系。我赞同菲朵对于高品质的爱的解读，我只是不赞同把高品质的爱和日常剥离开来。如果要给我心目中爱的关系一个形象的话，我想那就像是两人三足这个游戏。因为爱，两个人甘愿参与这个游戏，将自己的一条腿和对方绑在一起，失去一条腿的自由。这个捆绑不是婚姻，不是一个外在的契约，而是生活，是两个人出于内在的渴望。而且两人三足是一个运动的状态，两个人要一路同行保持稳定，就必须感受对方的步调，在精神目标上保持一致，在生活步调上保持同步。

菲朵 在日常生活里，我们可以通过什么努力来完善爱情？

Yoli 这场对谈就是一种努力。不断地坦诚且真实地练习表达自己、面对自己，努力修缮自身，就是完善爱的途径，而爱的关系又是揭露我们自身问题的映照。

菲朵 去爱，但是不要依赖爱。在日常生活里，你可以给予更多。你给予的越多，就越能发现自身的财富。

宁远　是的，去爱。

菲朵　你们认为性和爱的关系是什么？

宁远　你爱一个人，就想和他产生连接，而性是最亲密的连接。

Yoli　我过去对性是有恐惧的，因为我不知道该如何自处。我们对女性的性是充满双重标准的，一方面我们被暗示女人引起男人的欲望是一种罪，比如女性被性侵还要受到舆论的伤害；一方面我们又被教育女人就是满足男人欲望的存在，这也是很多女孩子傻傻地认为可以通过性来留住男人的原因。这让我感觉无所适从。

但有一天我发现我必须去面对我对性的恐惧，否则我无法去爱，我的内在意志需要经由我的身体展现出来。我的困惑是，为什么性看起来更像权力。对我来说，性肯定跟爱有关，爱让我拥抱了对方，而性对我来说是一种自我接纳，我拥抱了自己。

菲朵　对我来说，性是一种表达亲密的方式。无论什么样的爱，其目的都是为了得到亲密，而不是疏离。疏离是裹起自己，而爱让我们赤裸地站在一个人的面前。我喜欢爱与被爱的感觉，但如果在关系里有一方关闭了自己，性的能量就会被压抑。

菲朵　在爱情和婚姻里，你们需要界限吗？

宁远　非常需要。我现在回想一些不愉快的经历，大多数时候就是没有处理好"界限"这个问题。很多爱情里的伤害：怀疑、控制、占有、嫉妒……都是在"我那么爱你"的名义下完成的。

菲朵　我和远远一样非常需要界限感，越是相爱的两个人，彼此的独立性就越重要，这是亲密关系里非常重要的功课。在关系中依然关注自我，关注自己的渴望和能力是什么，自己的创造和体验是什么，对自我的要求又是什么……而不是把注意力时时投射在对方身上，渴望对方来拯救自己。一份好的关系，肯定是建立在两个完整的灵魂彼此分享，又不会互相控制的基础之上。伴侣之间一旦出现分歧，首先要去分辨自己的情绪从哪里来。人们很容易陷入自己成长过程中的阴影，在当下的关系里借题发挥，这样的情感模式肯定会经历很多波折。

Yoli　当然。这是我在进入爱的关系时很需要去确定的一件事，就是彼此认可、相互独立，但又同步。这不意味着没有付出和让步，但这个挤压和碾碎的过程，应该是帮助我和对方都成为更好的自己，而不是使我们越来越面目模糊。我必须是完全的我，才会有完全的爱。

菲朵　你们相信有灵魂伴侣吗？

Yoli 我相信，但是我对纯粹的灵魂伴侣存有疑问。可能是我的经验有限，但我愿意对此抱以相信的态度。

菲朵 我觉得灵魂伴侣分很多种。对方也许就是身边的亲密关系，也许是没有性关系的纯精神伙伴，也许是某位同性朋友，也许是我们自己。就算是狭义概念里的男女关系，我依然相信有灵魂伴侣的存在。他们的情感和普通的情感有所不同，他们已经不再对旧模式里的控制和依赖产生兴趣，而是对关系中的彼此赤诚、信任、分享，对是否能够给予彼此真正的自由有更大的愿景。

灵魂伴侣在关系中一定体验过极大的喜悦和极大的痛苦，他们才有可能穿越世俗，驱动彼此的灵魂成为生命最佳的显化体。灵魂伴侣不仅仅是浪漫的故事，更是生命中重大的挑战。

爱是生命中最重要的体验，最重要的工作，别的工作都是为爱而做的准备。当然，这样的情感就像一场冬天的鹅毛大雪一样可遇而不可求。但如果它来了，带着天上清凉彻骨的气息漫天而下，就会把之前的一切执着与障碍都覆盖。这样的感情，让你觉得自己可以被懂得，即使不被懂得，也不会被伤害。我觉得人们不仅仅应该去追求爱情，也有义务去寻找灵魂伴侣，更有责任成为灵魂伴侣。

宁远 相信，不过好像这也是"别人家的孩子"。我理解的精神伴侣是两个人有高度的内在和谐，在爱里获得力量和安宁。获得力量似乎容易些，安宁很难。

菲朵　看一下时间，现在是 2015 年 6 月 22 日下午。此时此刻你们有爱着什么吗？你们的心此刻停在哪里？让我们为这一刻留下纪念。

Yoli　我三十二岁，正走在不断与自己相认的路上。我爱那些微微有光的日子，我希望我的爱悠长而有弧度，像一只鸟飞过天空，穿过云，穿过风，穿过我生命中经历过的每一个人的脸。我爱你们。

菲朵　此时此刻，在此地，我正丰盛热烈地活着。我爱极暗和极亮的光线；爱玫瑰有刺的部分；我爱这温柔又残酷的人间；爱有漏洞的真理；也爱着生命中的失之交臂。我爱婴儿光洁的皮肤，也爱在街口与我遇见的那双眼睛。

宁远　下午 5 点 22 分，阴天，房间里气温 25 摄氏度，我心里有爱。

恋爱日记

菲朵

我喜欢"坠入情网"这个词——两手空空，没有抗拒，没有技巧，没有控制，没有恐惧，只是完全信任地坠入你。有些人觉得我疯了，我的闺蜜觉得我疯了，父亲和母亲认为我疯了，他们为我担心，说我是一个没头没脑的傻瓜。是的，我也觉得我疯了。

天黑了，天一黑我就苏醒了。这短短的天黑时刻，是一天中我渴望的、魔法显灵的时刻。听着音乐沐浴，擦干净桌椅，在桌子上摆好我喜欢的黄色跳舞兰，去厨房煮一壶热奶茶，最后回到桌子前面坐下来。这些小小的仪式让我有一种为即将到来的爱情做准备的感觉。为了迎接你，我要先创造一个美丽的新世界。

你还没有来。这恐怕是我一生中经历的最为痛苦的煎熬——等待。我站在窗前看着黑夜里看不见的黑风景，理了理身上的衣服，又去卫生间洗了手，将头发盘起来对着镜子照了照，觉得不太好，又把它们放下来。打开电视，综艺节目很无聊，随即又关上。我感到自己的血液正从内脏、双腿、手指尖向外涌。楼道里有脚步声，但那不是你。我侧身躺在床上，心里面蓄满了深深的失落和痛苦。我不想再继续承受，希望自己可以睡着，也许睡着了就能躲进深不见底的黑暗里。

不知道过了多久，迷迷糊糊地听见门铃响。打开房门，你笑盈盈地站在那里。我将头埋在你的胸前，委屈地哭起来。你笑着说："傻丫头，哭什么！不过是飞机晚点了，我这不是来了嘛。"我们一吻再吻，吻着双唇和生命，我流下热泪。

音乐开着，我们喝酒，喝了很多酒。你举起酒杯说："来，为此时此刻干杯！"我额头上冒出细细汗珠，脸颊微微发红，整个人觉得自在放松。脱掉鞋子，将双脚放在你的腿上。我们谈生活，谈共同认识的朋友，谈生活里的不公平，谈文学和电影，谈理想曾经是如何破灭的，谈我们的内心曾有过的绝望……你做所有事情的时候都以本色示人，你在所有的空间里都会闪光。不过，相比你的高光时刻，我更喜欢你隐藏着的脆弱。那让我觉得你是一个可以接近的人。

有很长一段时间，我都是怀着一个人没有同类的感觉生活在这世上的。直到遇见你，才觉得自己不再那么孤单。我们在本质上的相同之处是某种伤痕，那是一种不安全的经验。在这个世界上，我们所拥有的只是自己为自己创造的一小片天地，我们承担着自己。而现在，我们也可以支持彼此了。再加上山水物景给予的，这一辈子就基本能自给自足。爱情就像是一个魔法师，让整个世界都变了，我的人生再度被狂风吹向一个未知的国度。

你对我说："亲爱的，忘记之前的那些痛苦。被旧日痛苦束缚住的灵魂和身体，是不能够获得自由的。让我们来试试，接下来的日子一起走。"我很喜欢你说"我们"这个词的方式。我和你说："请再对我说一遍。"你笑了，又说了一遍："让我们一起往前走。"

"你还想要更多吗？"
"是的，我想。"

排山倒海的话语不见了。我们做爱，像两个暗淡了许久又重见光明的人，拉着一条求生的绳索。你在我耳边低语着，我听不见你在说什么。我想反抗你，又想服从你，你究竟是怎样将这现实强加于我的？你紧紧拥抱我，微微颤动的眼睑里透着生命，那是你活跃的思维，是发达的大脑，是你长久以来的孤独。我躺在那里，手腕上的镯子发出叮当的撞击声，子宫剧烈地反应着。你瘫倒在我身上，又是呜咽，又是狂喜。爱人在被单下面窃窃私语的时刻真是美妙，我们的销魂狂喜与其说是一种生理上的释放，不如说是一种生命的渴望。两个人都伸着手，试图去抓住远处的什么东西，那一瞬间令人相信，我们可以过上一种新的生活。

"我爱你。"
"我也是。"

这不是一句简单的对白。我不再是那个只有渴望、索取、永不知足的小女孩。而是想以一种最自然、最有女人味的姿态来面对你。

我们相拥在一起，一动不动地躺在床上，整个世界如此静谧。窗外的天空渐渐亮起来，你筋疲力尽地躺在我身旁，身上汗津津的，不一会儿就沉沉地睡了过去。我用指尖轻轻抚摸你的脸，闭上眼睛，开始的时候有恐惧，有飘忽不定的茫然。渐渐地，美好的回忆显现，一片红花绿水和甜美幻觉。如果时间能停止……但没有如果。

你在梦中所去的地方，我无法跟随。我们可以分享这张雪白洁净的床，但是却不能分享睡眠，不能分享记忆和梦境。多年之后当我再想起，这一定是我们之间最幸福的时刻了。也许它并不能持续一生，但在这一瞬间，我感觉到这个天长地久是我想要的，我们没有任何保留。爱可以指点迷津，爱引导人们探索生之秘密。我周围的一切都改变了形状和色泽：我们两个、床、电灯、烟灰缸、窗外的街道、汽车驶过的声音……这一切都和昨天不一样，因为你，我步入了这个全然未知的新世界。

亲爱的，你是我在这个世界上最接近完美的幻象。我渴望从你身上得到什么呢？这盲目的渴望，让我知道自己需要你，而你却并非如我需要你一般需要我。这不公平，对我来说甚至是一场生命的冒险。尽管我们之间的关系已经成为最好的关系，尽管这关系还在成长中，依然需要学习。

然而爱是什么呢？这样一个俗气的问题，千百年来并没有得到准确统一的答案。爱与怕就像是一对孪生姐妹，她们始终如影随形。聪明的人类为爱发明了很多安全支持：救生圈、救护艇、避难所、传统习俗、道德规范、法律……很荒诞，大众把爱当成了一种娱乐，又或是物化的财产。但只要背负怕，爱就无法进行。如果有一天，人们把爱理解为一种学习，一种生命的任务，而不是浅显易懂的游戏般的态度，我们或许还有机会体验真正的爱情。

亲爱的，这是我深爱这个世界的原因。我爱它不仅仅因为这里有美、有情、有家人和朋友，不仅仅因为在这浩瀚的世界里能与你相认……我爱它是因为这里还有痛苦，那些因爱而来的，让我认识自己的痛苦。

我以不会遇见爱情的决心去过这一生

Yoli

十八岁的时候，我在日记本上写下：如果这辈子不会遇见爱情，你将如何过这一生？是的，这个自问是我的成人礼，我以这样的决心开始我的人生。

有人会觉得这是一种悲观主义，也有人会觉得，你漂亮聪敏，完全可以游刃有余，为什么要自废武功？而我一直对人们所说的"爱情"充满困惑，我质疑，幸福的彼岸真的等于一个男人吗？

女孩的成长过程，就像培育一颗水果，你要鲜亮红艳，因为这样看上去美味；你要甘甜多汁，因为这样会赢得更多的出价，可以拥有更高的价码。这人间历来都是如此。按这个游戏规则，我已经拿到了好的装备，有什么好犹疑的呢？放心去交换就好啦。可我心里总有些不安，一旦我拿取了在选择权高位的利益，那是否我也默许了未来付出在选择权低位的代价，或者这个代价将以某种形式转嫁给他人来承担？虽然我不知道这代价是什么，但看看周遭女性的一生，我知道那份代价绝不轻松。

我从小所见的女性，几乎都活得不那么快活。怎么会快活呢？且看看文字里写的，也都是姑娘可爱，婆子可憎。一个女人生下了孩子，完成了生育，她身为女性的属性就显得多余而累赘，她生命的活力好似就已经熄灭，有时你都不知道是这个世界先嫌弃了她，还是她先厌弃了自己。一个女人活到这里，便只得一代一代地说："我这辈子就这样了。"然后告诫年轻女孩，女人这辈子最重要的就是选个好男人，好似女人前半生的任务就是擦亮眼睛选男人，后半生就是不断地哀叹自己瞎了眼。

有一个夜晚，我的母亲哀叹，她说："如果我要是选另一个男人，今天就不会受这样的气了。"停了一会她又说："那么生下来的就不是你。"那一瞬间，我才意识到，我来到这个世界是一件非常偶然的事，我不是必然会来到这个世界的，也许因为我母亲的一个念头，存在于这个世间的就不是我。透过眼前的雾气，我看见我的手指变得透明，我恐惧地看着我的母亲，似乎随着她掉下的一滴泪，我会在这个世间消逝，在我即将蒸发的时候，我恍然看着我的母亲也在对另一个孩子说着同样的话。

那一瞬间，我想跟我的母亲说："妈妈，其实选择哪个男人都会后悔的。"

去年在课堂里，我跟学生们说："不要为追求美感到羞愧，我们要终生美丽。"旁边一位慕名来听课的男士说："我打断一下啊，你这样说，不太好。"我问他："有什么不对呢？"他诚恳地解释道：

"你们这样啊，会让我对你们产生念头的，但你们这个年纪是不应该让男人对你们产生遐想的，这样不好，这样不好。"他说得直白，但这番大实话引得现场瞬间沸腾，于是我问他："因为要保证你不要乱想，这世上的女人们就都不该活得尽自己的意了哇？"

大家都未说话了，我便讲了一个故事："一朵花开放，是因为它是一朵花。人因为观赏花，觉得自己能欣赏花，便觉得自己对花很重要，便觉得花是为了人才开放，便觉得自己的观赏才赋予了花的价值，便觉得我欣赏了你，所以你只能为我开放。但即使这个世界没人，花也一样会开，花只是完成它作为花的一生。人怎么看花，那是人的事，花其实不靠吸引人来完成它自己。"

如果男人是爱情的主体，而女人是爱情的客体，那么男人对女人的物化可以包装成美丽的"爱情"，男人对女人的征服可以包装成动人的"爱情"，男人对女人的控制也可以包装成深刻的"爱情"。男人和女人对于"爱情"的认知是错位的，时间越久，走得越远，这段路途越貌合神离。

我不在意是否抵达人们所说的那种"爱情"。

我们对一个人有瞬间的激情，就意味着我们见过爱情了吗？我们愿意走进婚姻，就意味着我们拥有爱情了吗？或者说，抵达又怎样，抵达了以后剩下的日子干吗呢？患得患失地守着它，唯恐失去，或不断折腾，反复证明它还在我们的手中存在？

我不能那样活着。干涸而焦灼地活着，只是在那里期待，只是在那里死守，而从不迈出脚步。

爱情是什么呢？

我没有办法把爱情当作一种价值选择，去衡量，去比较。我没有办法把自己的美好拿去交换：我给你我的美好，请给我爱吧。不，我没办法交换。如果这是人们所说的爱情，如果爱情是以寻找男人为目的，那么我愿以不会遇见爱情的决心去过这一生，以捍卫我心中的爱情。这是我的积极，也是我的乐观主义，因为我要一种希望，那是一种"不管我遇见怎样的人生，经历怎样的男人，我都能过好这一生"的希望。

是，我是个贪心的女人，我不想只在某一些年拥有我生命的选择权，我要终生把我的人生握在自己手上，因为我心中有一种意涵更为丰富的爱情，所以我无法被这样贫瘠又可怜又缺乏想象力，仅仅只是吹嘘得迷惑人的"爱情"所引诱。

我从事艺术工作，艺术有一项重要功能，就是描绘生命的理想。我们描绘一个理想的母亲，我们描绘一片理想的花园，我们为什么要花费那么多时间反复琢磨理想中的维纳斯那完美的曲线呢？因为如果没有那样一种理想，我们很难看见在这充满破碎的人间继续坚持的合理性。

这好像物理概念中的一个圆，我们都知道有一个理想的圆存在，但在现实中，我们借由手，借由圆规，用尽所有工具，都只能无限地靠近那个理想的圆。尽管如此，正是这个理想中的圆，给了我们所有努力和坚持的凭据。

而爱情呢，我们都认为爱情重要，但人们却居然一直忍受着人世间那种未经审视的潦草爱情。我认为是时候双方好好坐下来重新描绘我们心中那理想的爱情了，就像画出理想微笑的达·芬奇那样，就像雕刻出理想身躯的米开朗基罗那样。

　　爱情是什么呢？

　　爱情是一种生命的渴望，是我们渴望拥抱更多可能性的自己，在爱一个人的时候，我们的自我又被激活，再次生长。所以你明白为什么婚姻是爱情的反面吧，因为爱情是激发可能性的，而婚姻是抑制可能性的，这是我们总是对婚姻感到懈怠和失望的原因。

　　所以我们为什么不更有想象力一点呢？

　　确认爱的关系，不是确认所属物的关系，不是你属于我了，你就该遮盖起头发，你就该固守于三室两厅，你就该上缴你的钱包，你就该打上一个标签：这个人从此不再具有可能性。这样不断修剪彼此可能性的爱跟不上不断成长蜕变的你，也配不上你。

　　爱是一种热忱和一种祝福。因为爱情，我看见了自身更多的可能性，这种感受是如此美好，我也渴望把这样的可能性给予你，我对我所给予你的一切是如此拥有信念，以至于我相信，你与我在一起，我与你在一起，是因为从没有人能像我们这样给予彼此自由，我知道这自由是如此强韧而迷人，胜过那糟糕的捆绑与束缚。

四 父母

我和父亲母亲，陌生又熟悉

主持人：Yoli
时间：2015 年 11 月 15 日
地点：清迈 Veranda Chiang Mai 酒店

　　这一年，我们不断相聚，在书的进行过程中，我怀了第二个孩子。想到接下来会有很长一段时间不会那么自由，于是我和宁远、菲朵相约一起到清迈，参加好朋友孟想的塔罗工作坊。孟想是一位塔罗占星师，虽然我对这个内容不太着迷，可我喜欢孟想，喜欢这位带着山林气息、有着原始孩子气的姑娘，也期待着借此而来的女朋友们之间的一场旅行。

　　住在山林之间，光穿透深深浅浅的绿，点亮幽影处的虫鸣，时不时有花掉落在脚边。早上在餐厅遇到孟想，她看着我格外突出的肚子，忍不住摸了摸，然后我们聊起来孩子的话题。我跟她说孩子对我来说特别重要，因为孩子教会我很多，她听我这句话，告诉我塔罗牌里有一张牌，叫"倒吊人"。孩子刚出生时，头先出来，头朝下脚朝上，就像倒吊人一样，等他们开始走路，就正过来了，开始了解物质世界。当人长大了，像孩子一样用心去感受，向孩子虚心去学习时，就又倒过来了，回归到心灵世界。

　　跟她从餐厅告别，时间还早，我没有直接回房间去，而是闲步树间。此刻光影正好，一天之中绿色最丰富的时辰，深深浅浅，浮光粼粼，偶有果实掉落的声音，再走深点儿去，听到扫落叶的沙沙声。那声音充满弹性又富有节奏，像在拨动树与树之间那些细细的光的琴弦。我不忍惊扰，于是在那里停了下来，静静仰望面前的树。我喜欢凝望着树，树跟人不一样，人会迁徙，文化会交融，可植物更加忠诚地带有阳光、雨水、温度、海拔的印记，带有不同地域与生俱来的气质。

　　我正发着呆，那沙沙声不觉间停止了，一位拿着大扫帚的老人走过来，一路咕哝着，似在跟人说话，我左右看看，才确定他是在对我说话。草帽下满脸的皱纹像涟漪一样，漾开明亮的光，他一只手拿着扫帚，另一只手向我伸出来。我愣愣地看着他，不知道他要表达什么，他把手往我眼前又伸了伸，我才注意到他的掌心里有一抹微光闪过，原来他是有东西要给我。我伸出手去接，拿近一看，竟是一枚金色的虫蛹。我心内正惊叹着，那黝黑的脸上不断扩大的笑容将他的身影也推远，他向我挥着手，依然在叽里咕噜言语着。我不懂他的语言，但我知道他在说着祝福的话，捧着这份清晨的礼物，忍不住站在林间，一声声说着谢谢。回到房间，孟想给我发来一张图片，那是塔罗牌中的倒吊人，里面赫然呈现着一枚倒吊的金色虫蛹。

　　这神奇的早晨，我抚摸着越来越凸起的肚子，不由地更加感叹生命的循环往复与玄妙呼应。远远回到房间，菲朵也过来，想到昨天我们做的家族冥想。我说，我们一起来聊聊父母这个话题吧，那正是曾经包裹着我们，泛着微光的来处。

Yoli　昨天刚刚做过家族冥想，所以想请你们讲讲自己的爸爸妈妈，他们分别是怎样一个人？

宁远　我爸妈是一对可爱的爸妈，他们俩吵吵闹闹又恩恩爱爱地在一起几十年，生了两个孩子，养大三个孩子（我小弟是远房亲戚家的孩子，他的妈妈身体有问题，他生下来三天就来到我们家）。我的爸爸，用现在的话来说就是标准的文艺男青年。小时候，我家里有很多乐器，二胡、笛子、口琴……每一样我爸都会。本来还有一把小提琴的，但为了娶我妈，我爸把提琴卖掉置办彩礼了。妈妈性格开朗，非常幽默，善于给人取绰号，嗓门大，爱笑，也爱骂人。不久前，我看了电影《四个春天》，看得又哭又笑，电影里的父母和我爸妈相似度大概有百分之八十。

菲朵　我的父母在我很小的时候就分开了，因此我对他们的了解有限，多是从幼年时一些零星的生活片段里拼凑起来的。此时此刻，我也做了母亲，也曾在情感中经历过一些起伏和变化，所以无意去评论他们对生活的选择。我的父亲是一位画家，印象中他一直是个少言寡语的人，画画、看书、听音乐是我能想到的他所有的生活。父亲不在家的时候，会有邻居来串门，本来有说有笑的，父亲一进门，客人马上找个借口就散了。空气中那种紧张的气氛，一直停留在我的记忆里。在别人眼里，父亲是个怪人。

但是，他也有很温情的时候，小时候他常常带我和哥哥去公园，给我们拍照片。关于摄影，最初对我产生影响的人其实是父亲。我从小就有很多很多照片，各种大小，有彩色的也有黑白的，都被母亲分门别类装进了一本本相册里，占据家里好几个大抽屉。拍过那么多照片，父亲与我同框，却只有几次而已。其中有一张是在1986年的深圳，父亲带我坐摩天轮，我靠在他的胸前，两个人都没有表情，但看上去都很自在。

父亲还给我梳过小辫儿，我大概是从三岁开始留长发，有时是母亲给我梳头发，有时是父亲。这个画面是我与父亲最亲密的记忆了，一直到七八岁，我开始对审美有了自己的态度。有一天，我对他说："爸爸，你梳的小辫儿不好看！"我还记得父亲脸上的表情，一种看不出任何情绪的淡定，那是他最后一次给我梳头。从此以后，我从童年一步跨入了少女期。父亲与我的关系，也由此进入另一个阶段。

母亲是中学的英语老师。她与父亲恰恰相反，是一个性格外向的人，或许这也是他们互相吸引又互相排斥的原因。相比父亲的沉默，她更爱表达，更爱交朋友，有时也会有抱怨，她是那种活生生地落在人间的母亲。我们有一段时间是非常要好的朋友，准确地说，我曾经是她的同党。离家上学的那些年，我与母亲一直保持着通信的习惯。

她常常会寄照片给我，她喜欢旅行，喜欢大自然，常常捧着一大把野花对着镜头微笑。到了后来，随着我自己的成长，我们之间多了一层隔阂，说不清楚那是什么，也许是天性里女儿对母亲的叛逆，也许是我潜意识里对父亲的情感认同。因为拍摄女性，这些年听到很多故事，除了爱情，大部分都是关于母女关系。女儿对母亲的叛逆，情况不同但又大同小异，也许这是每一个女性的成长之路都绕不开的功课，也可以说这是一份女性的成人礼。

Yoli　嗯，我也想过我的爸爸妈妈为何会在一起，很好奇他们当初是怎么爱上的。

我的爸爸是长子，是一个非常传统的大家长式的人。他教给我很多很重要的道理，我在为人处事上受他的影响特别深。记得小学二年级的时候，有一天我好高兴跑回家说："我当小组长了。"我爸爸笑着问我："小组长是干什么的呀？"我便回答："就是负责帮老师把作业收起来。"我爸爸就跟我讲："一个要管别人的人，得先管好自己，那你以后要把作业做完了，才好意思去收别人的作业。你只有把自己管好了，才能要求别人。"这件小事对我的影响特别深，一直到今天，在很多事上我都会问自己，你自己做到了吗？

我爸爸人缘很好，不管是同事关系还是邻里关系都很融洽。他觉得人活着就是要得到别人的认可，要善于分享，要严于律己，宽以待人，要懂得忍让和退一步。他一直是家庭中的黏合剂，把所有人团在一起、聚在一起，非常周到。

而我妈妈是姐妹中最小的，下面又有两个弟弟，所以她会有点小性子，那种很希望被人看见的小性子。作为女儿，不像大姐那样有存在感，又不像弟弟们那样被重视，我感觉她一直在找爱，找一个依靠，这大概是我爸爸妈妈相互吸引的原因吧。一个快速地成熟了，一个永远也不愿成熟，他们相互都在对方身上看到了自己生命中不能实现的部分。

我妈妈不像爸爸那样总是顾全大局，她是个很直接的人，喜欢不喜欢都会写在脸上。过年过节时的人情往来，我爸爸一直在团，我妈妈时不时就会挑破两下，我爸又来团，现在想来蛮有趣的，真的是"不是冤家不聚头"。

我爸是个入世的人，我妈却总有点不切实际的梦，她很爱种花，有大块的地，不种菜也要种花；没有地，在小阳台也要种花。其实想想在她那个年代，这是蛮难得的一种情怀，从来没有人欣赏，她也一直不经意地在做这件事。可惜我爸爸好像把所有的力气都用于面对这个世界，再没有精力来黏合他们彼此。

长大以后逐渐意识到父母之间的吸引和割裂，这会对自己有一些警醒。回想小时候，父母在我看来真的是完美的存在，你们小时候崇拜爸爸妈妈吗？

宁远　崇拜爸爸，他是我们那个小地方远近闻名的大人物，不仅人长得好看，还浑身是本事，会乐器、会木工、会打铁、会造房子、会修摩托，还行侠仗义。

我小时候不崇拜妈妈，觉得她不优雅、不温柔、太强悍，骂我爸爸一点儿面子都不给（骂我和弟弟也是）。我甚至暗下决心：长大了一定要做一个跟我妈妈不一样的妈妈。但是现在的我开始越来越理解并欣赏妈妈，她有很多好的特质。比如身为妈妈，她活出了她自己，从来不用爱捆绑儿女。对于他们那个年代的人来说，做到这点是很不容易的，她一直用一种放松的方式深爱着孩子们。妈妈做

得一手好菜，并不是因为"妈妈菜"我才这么说，所有吃过我妈做的菜的人都会竖起大拇指。如果你们见过我妈在厨房里忙碌的样子，那么欢快，那么富有创造力和节奏感，你们也会爱上她的。我很少见到中国女人在厨房里是她那样。我现在也喜欢做菜，这当然是受了她的影响。

菲朵 虽然和父亲相处不多，但我对他有很多想象。我崇拜那个想象之中的父亲。生命的神奇之处在于，你不想成为他，但偏偏就是趋向他。但这几年才明白，其实我对父亲有很多走偏的认识，哈哈。

父亲在日常生活中是一个特别讲究的人。他的房间总是很干净，东西再多也会收拾得井井有条。三十年前，他就会把新鲜的玫瑰做成干花，挂在房间里做装饰。我们家的每个房间都挂着父亲的画，他画海浪，画春天盛开的紫丁香，画秋天的柿子，画黑得发亮的煤矿工人，也画树林和小径。他惜物，对待自己的电脑、相机、家具都非常爱惜。他书架上的书，如果不洗手是不可以去动的。小时候我一直很困惑，为什么每次没有经过父亲同意去翻他的书都会被发现。现在才明白，每本书摆在什么位置，如何分类，在父亲那里不是随意乱放的，都有他自己的道理和规矩。

记忆中还有一个晚上，父亲下班回来，一进门就抿着嘴对我和哥哥笑。他把沉甸甸的皮包递给我们，拉链一滑开，一只小狗的脑袋钻了出来……当我想起这些瞬间，才恍然明白平日里沉默的父亲，其实是一个深情的人。

Yoli 哈哈哈，我也是生了孩子以后，才发现，天哪，我爸居然跟我过去那个印象中的他不一样。所以想想青春期的时候老觉得父母不了解自己，根本不知道我是什么样的一个人，其实在一个屋檐下生活了这么多年，我也未必了解他们。

那么，你们平时会和父母聊天吗？试图了解彼此，谈谈心，分享伤心或者喜悦。

宁远 会聊天，小时候要谈心的，第一次恋爱就忍不住第一时间告诉我妈了。现在聊天就是聊聊家常摆摆八卦，不太谈心了，是不太需要谈吧，很多事情习惯了自己拿主意，我从八岁开始就离家住校读书。喜悦是要分享的，伤心的事我没有向他们倾诉的习惯，好像我们一家人都是这样的。父母一直给我"你做任何选择我们都相信你是对的"这样的感觉，这一点真的是很难得了。

菲朵 很少，即使聊天也都是围绕着生活琐事。我理想之中那种真正的交谈，一次也没有，一个字也没有。没有谈论过他们的过去、他们的理想、他们的爱情、他们的幻灭；没有谈论过我对他们的爱、我对其他男性的爱，没有谈论过我对生命的渴望，没有谈论过性，当然，我对自己的委屈也绝口不提。或许我们可以谈论全球变暖，谈论这个世界曾发起的战争，可以谈论坏了的门把手，谈论邻居家的新鲜事，但我们不会谈论彼此。

Yoli 问这个问题正是因为我现在常常不知道和父母聊什么。就像很多的父母对孩子只会说吃什么穿什么，我现在对父母好像也只会聊吃什么，然后给他们买东西。现在"吃"是我们聊天最重要的主题：今天吃什么？明天吃什么？还想吃什么？所以我忽然理解为何我们会"民以食为天"，"吃"真是个永恒而和平的主题。

我曾经多次试着与父母做深入的交谈，结果总是进行不下去。后来我发现，那是因为他们试图通过聊天改变我，而我也在试图通过聊天改变他们。只要双方带着这样的念头，那么聊得越深，对彼此的伤害越大。所以我们现在都试着不再触碰这些内容，他们无法改变我，我也不应该试着改变他们。接受我的无能，接受我们彼此是不同的，也尊重这种不同。

那人生中的重大事情呢，你们会不会跟父母商量？

宁远 虽然谈恋爱第一时间告诉我妈，但结婚这件事是我决定好了直接告诉他们的，他们也很快就接受了。后来的辞职啊，创业啊，生第二个第三个孩子啊，都是这样。我不和他们商量是基于他们对我的相信。

还有一点是：父母的眼界和我自己的毕竟很不一样，他们没怎么读过书，不了解现在的世界，仅凭本能和自我的经验去认识事物，他们有"即使再努力也弄不明白你现在做的事情"的感觉，索性就选择相信。一开始可能还不太放心，但后来看到我的每一个选择都还好，就完全信任我了。这是一种很朴实很珍贵的信任。和很多父母不一样的是，我爸妈没怎么帮我和弟弟带孩子，他们有自己的事情要做（打麻将是人生一大爱好），他们有很多朋友，经常开着车到处玩。他们有自己的生活，这一点真是太好了。

Yoli 哈，我也是一谈恋爱就跟我爸妈说，但是遭到了强烈反对。我谈恋爱时都二十岁了，我满以为这个年纪谈恋爱他们应该不会反对吧，结果没想到我妈幽幽地说："按我的计划，你应该二十五岁再谈恋爱，二十七岁结婚，二十八岁生孩子。"我爸则一夜没睡，第二天一早眼睛红红地说："你一定被骗了。"我完全没想到他们反应会这么大，我当时很难过，因为我不明白，我都二十岁了，父母为什么不能相信我有自己的判断呢？

后来，我能理解他们的担忧，也知道他们会一直担忧。为了减少这种担忧，我会自己处理完再慢慢让他们知道。现在父母逐渐接受我能为自己的生活做主了，一是他们发现反对也没用，二是最后我做得也不错。可是也感到他们有一点哀伤，那是一种在孩子面前不再那么有用了的哀伤。

菲朵 不会。十八岁以后，所有的事情都是我做了决定才告诉他们。以中国人的传统思维方式，通常认为多和父母商量是一种尊重。但我觉得实在没有必要增加他们的焦虑，成年人应该为自己负起全责不是吗？

Yoli 是，我们是这么看，因为我们都很早长成了大人。可在很多父母的思维里，孩子长多大，都是孩子。有时候我会羡慕那些能在父母面前撒娇，能在父母面前做孩子的人。你们现在还会跟妈妈睡一张床吗？

宁远　现在很少有机会。前些天我妈高血压住院，我回老家看她，在医院旁边订了酒店，希望她晚上从医院溜出来一起住，但是她告诉我，病房里有一位病友第二天要出院了，她要再和那个病友相处一个晚上。我说，那我请你在外面吃饭好啦，吃完你再回病房。

结果呢，她叫上了全病房的病友来吃饭。一顿饭吃得大家喜笑颜开，有妈妈的地方就有欢乐。有时候我心里还是会有一点儿小小的失落，觉得妈妈和我的关系有那么点儿不亲近，但是走在街上的时候我们又总是手拉手。嗯，可能每个人表达爱的方式都不一样吧，我必须接受我有一个这样的妈妈，接受她爱我的方式。

菲朵　现在不会了。过去，我和妈妈睡在一张床上很多年。小时候容易做噩梦，妈妈会把我叫醒。有时候生病发烧，半夜妈妈会用手摸我的额头，还自言自语："呀，还在烧，真可怜呀。"那是记忆之中她对我最温柔的时刻。其实妈妈不算是一个柔软的人，她当了一辈子老师，又是家里的长女，说话做事都铿锵有力。加上我从青春期开始变得比较叛逆，我们之间的关系变得越来越生硬。一个人说了话，另一个总是持相反的态度。她总是抱怨我事事反对她。后来我发现，因为从小到大，母亲极少赞扬肯定我。她的表达方式一直是理性多于情感，而我的叛逆也就从小跟着我一起长大了。我们母女之间的表达形成了一种固定模式，类似于一种淡淡的指责和不厌其烦的反抗。

我知道自己心里有一个黑洞，无论在外面得到多少人的支持，内心真正渴望的，只是能够得到父母的赞赏。好像说跑题了，我想表达的是，为什么如今很难再和母亲睡在同一张床上。我们的亲密，被一些情绪掩盖了。

Yoli 是的，其实我是想借这问题看看你们和母亲还会不会有自然的肢体接触。看来对远远来说，这完全不是个问题。可是对我来说，这真的是个问题。

因为我的家庭是非常缺乏拥抱和其他表达爱的行为的。我在上中学时发现这个问题，我在好朋友家，她妈妈给她买了一件新衣服，她立马在客厅掀起衣服准备换上，我一把抓住她的衣服，对她说："哎，你怎么在这儿换衣服！"她奇怪地看着我："这儿就你跟我妈啊，难道你不在你妈面前换衣服吗？"我才意识到，我妈从没看过我的身体，我也没有我们之间有肢体接触的记忆。甚至我的第一包卫生巾和第一件内衣都是好朋友给我买的。她们不能理解，为什么我妈妈几乎不跟我谈这些女人之间的话题。我也不知道，我以为大家都是这样的。

有一段日子我总是在想，下次见面我要挽着她的手，我要靠在她的腿上，但在她面前我就是做不到。我下过很多次决心，甚至诅咒自己，对我自己说"不那么做你会后悔的"，我为此在很多个夜晚哭过，但最后我只能对自己说："那就接受这个做不到的自己吧，不要勉强了。"

我的妈妈是个缺爱的孩子，她没有得到过，所以她也没有给我。可是我不能让这个痛苦蔓延下去，这太痛了，我不能把这些再带给我的孩子，我得爱我自己，我要把某些问题在我这里结束。所以，你们以前思考过"以后我要当一个怎样的妈妈"这样的问题吗？

宁远 思考当一个怎样的妈妈的时候，首先在想"我一定不当我妈妈那样的妈妈"，理想中的妈妈是文学作品里的妈妈，好像这样才配得上我文学作品式的爸爸。

菲朵 哈哈，我也不想当像我妈妈一样的妈妈。如果有人说我像爸爸，也同样会激起我的愤怒。前些年还会因为有这样的想法感到有负罪感，现在倒是能客观地看到这个逆反的背后，其实是一种非常想要长大、想要独立的渴望。这几年还发现，人越是想抗拒什么，就越是会趋向什么。尤其是有了孩子以后，这种情况会与日俱增。事实上，我的个性充分发展了父亲和母亲最鲜明的特点。

Yoli 小时候下定决心不要成为我妈，后来发现，与她对抗，成为她的相反面，其实也是一种对自己的内在暴力。我得从内心深处，接纳和热爱女性这个身份，才能走出这个深渊。

我曾经看过一篇文章说，民国几个才女和母亲的关系都不太好。比如张爱玲，最后和母亲几乎是老死不相往来；比如萧红，虽然母亲早逝，但她对母亲也缺乏好感；还有林徽因，也会在信里诉苦与母亲在一起的日子如人间地狱。女儿和母亲的关系总是更加微妙,尤其是这个女儿还有思想,有觉醒意识时,这种矛盾似乎会更加显化。你们如何看待这件事呢?

菲朵　我相信母女关系问题是一个普遍现象,刚才说到的那些例子,不是因为她们的故事有多么特别,而是因为她们比普通女性更善于表达。当一个女人开始说"不",多半都是针对母亲。虽然看上去消极,其实也包含了很多积极的能量。当女孩们开始走向独立,成为个性鲜明的大人,大部分是从与母亲的分裂开始的。

叛逆的女孩不认可母亲的有限选择,也为了不重蹈母亲的覆辙,她想从那个不自由的受害者和殉道者的身份中解脱出来。数年之后,当女孩也成为母亲,她开始品尝做母亲的滋味,同时用这种方式修补自己的母女关系。那些成长过程中的叛逆,其实都是无力的爱啊。好吧,让我们可怜可怜那些有女儿的母亲吧,哈哈。

Yoli　哈哈哈,我们之中有女儿的就只有远远了。远远,作为妈妈的女儿,同时又作为女儿的妈妈,说说你的感受呢。

宁远　哈!菲朵说这些的时候,我想得更多的是我和我两个女儿的关系。我大女儿九岁,不久前因为一个小小的冲突离家出走了十分钟,十分钟后被她爸爸带回了家,整个晚上都不理我。那个晚上我突然意识到,我必须做好准备迎接孩子一次又一次的出走了。说回到我的妈妈,我们之间也是经历了这样的过程,但是现在,我就快四十岁了，生命中必须经历的和解就这么到来了。时间是个了不起的东西。

Yoli 嗯，母女之间的这种微妙应该也会影响到我们长大后与女性的关系，不过这个部分就留到以后讨论朋友的话题中再聊吧。接下来让我们说说爸爸吧，爸爸是我们生命中认识的第一个男性，父亲这个角色或多或少都会影响到女儿对男人的看法。有个说法说女儿是爸爸上辈子的情人，人们都认为爸爸和女儿之间是有某种情感上的牵绊的。你们爱上的人，会带有爸爸的印记吗？或者说你们在选择爱人上会受到爸爸的影响吗？

宁远 我一直有个遗憾，就是为啥从男朋友到老公，我都没碰到过比我爸还帅的男人，哈。

Yoli 哈哈哈，我还是相信我会遇见比我爸更好的男人。

菲朵 我确实喜欢和年龄大一些的异性相处。希望对方比我成熟，不那么情绪化，可以引领着我，让我心甘情愿地跟着他走。成年以后，我明白了父亲也是一个普通男人，他曾经也是别人的小孩，也有大部分男人所共有的脆弱和彷徨。我知道其实在内心深处，自己从未成功克服对一个完美男性的需要。

Yoli 年龄比我大太多的男人我会默认对方是长辈。如果不是今天说起来，我，好像从来没思考过年龄的问题，年龄对我来说不是个问题吧。

还有个现象，这是我作为独生子女的观察。我小时候的几个玩伴，基本上都有个弟弟，从我小时候到我后来工作，身边有不少女性对我表达过对独生女的羡慕，因为有不少女性在读书、结婚这些重大的人生选择上，需要为家庭里的男孩子做考虑、做退让。

比如，放弃上大学，就业以后要为兄弟提供学费，甚至是协助买房等。就我的成长经历来说，我看到很多女性受困于此，她们一辈子都在用很多方式想向父母证明，寻求父母的认可。我知道你们俩都是有兄弟的，你们会有这样的问题吗？如果没有，是因为你们的父母在这方面比较平等，还是你们自己获得了什么样的成长？

菲朵　我有一个比我大四岁的哥哥，因为我的年纪小，又是个女孩，哥哥一直挺让着我的，成长过程中我们连吵架都不曾有过。如今我生活在大理，哥哥定居北京，一年最多见一次面，一想到自己还有个哥哥，还是觉得挺安心的。

想要向父母证明自己，寻求家人的认可，几乎是所有人的生命驱动力。包括我们的父母，父母的父母……我们家的人都很独立，彼此之间不是那种特别亲密的相处模式。但这些年哥哥给我的认可，似乎比父母给的还要多。所谓认可也并不是他给了我多少赞美和夸奖，而是他从来不会评价我，我做什么他都可以接受。当然，在整个成长过程中，我还是会觉得父母更重视哥哥一些。也许正是因为这样，我的个性会比较鲜明，现在看来也是一种求关注的方式吧。

宁远 我是家里的老大，但从没觉得父母偏心，小时候爸爸总跟我说：你要好好读书，女孩子在农村很苦的。爸爸觉得弟弟就无所谓，怎么过一生都行。

Yoli 从世俗层面来说，我们总是会羡慕那些从小得到充足的爱、稳定的照料，获得良好的教养的孩子，这些孩子在成长中走的弯路更少，更容易获得一些世俗成就，比如相对来说获得稳定的工作，有更大的自由选择自己的喜好，进入某种既定轨道的幸福生活。但在艺术创造这个面向，比如导演、演员、文学家、艺术家，破碎的家庭、偏执的经历、冲突的童年反而会赋予他们闪耀而深刻的艺术生命力，在很多不同的领域我们都会看到这样的案例，他们身上有一种打动人心的力量和气质，于是人世间似乎有另一种平衡。

宁远 我算是你说的那种"幸福家族出生的孩子"吧，但是成长本身就不可能是一条坦途，在这些表象下，你仍然要经历痛苦和挣扎，只是这种痛苦和挣扎隐藏得更深。

菲朵 但什么是幸福呢？不吵架的？没离婚的？没有经历过困境的？没有走过弯路的？人们的痛苦大部分来源于类似的单一标准，包括我们的教育也是同样的问题。好在有艺术，艺术的魅力在于它可以将欢乐和痛苦，以及所有生命的体验转化成创造力。生命对每个人或许都是一样的，所有的人都会经历喜怒哀乐，只是有些人选择接受，有些人选择回避，有些人选择转化，而并不是因为谁比谁更不幸。

Yoli 嗯，我非常认同菲朵的这个观点。现在很多人会过分强调原生家庭的问题，其实根本没有完美的家庭，也没有完美的父母。所谓幸福或者不幸福，在我们的社会之中，也是一种非常单一的评价。我们的成长最终不是为了消灭和解决所有人生中的问题，而是接受伴随问题前行的常态，不用完美的臆想来对抗自己，也不投射完美幻觉到别人身上来要求别人成全自己。残缺是美，是真，也能生发出善，我们不可能成为一个完人，学习接受生命中的问题，不苛责自己，也不苛待身边人。

走在与父母相认的路

Yoli

我的妈妈很漂亮，在我们那个小地方，她长得像个外国人，高鼻梁大眼睛，皮肤白得像三伏天的大马路一样明晃晃得让人睁不开眼。她看电视会哭，但手劲大得很，做事麻溜利索。她会晒好吃的萝卜干，她会织出有风景画的毛衣，她会轻巧地在纸盒上画出一只蝴蝶，啊，还有，她在外面看见一双好看的鞋子，回家就能凭着记忆做出来。

而我的爸爸几乎无所不能，他认识所有地方的路，停电了他会检修，洗衣机出问题了他也会修，他能够把电视机拆开了再装回去。小时候，我觉得这个家出了任何问题他都有办法解决。他写的字好看，他会给我讲太阳系和恒星，他会用英语跟我说晚安，在旅行时会记得给我带礼物。

当他们作为自己的时候，两个人都是很美好的人，但在一起他们似乎就不怎么开心。所以我小时候一直有一个疑惑：童话里，美好的人儿在一起不是应该过着幸福快乐的日子吗？

　　妈妈常常念叨自己做了很多事，她跟爸爸总是说"你们家""我们家"，这让我很好奇，我是哪个家的呢？而爸爸不爱听这些，两三句说得不投机，便出门去了。这似乎被称为一种美德，男人不与女人一般计较。于是，妈妈说了半截的话，埋下去溢出来，绵绵滴成一粒粒的怨和叹。

　　直到有一天，我在家里翻到一本相册，那里面的父母是我从未见过的父母，他们两个人都在笑。我妈妈在写字，我爸爸在给她扇扇子；他们趴在草地上像孩子一样笑；他们靠着摩托车，明媚得像3月的春光。家里人才说起来，他们当年可是时髦得很，自由恋爱，旅行结婚，在全国走了一圈回来，妈妈肚子里已有了我。

　　那一天我心头热乎乎，原来他们有过那样的清澈美好，如今怎么混沌成了一团麻？就好像看到一本遗憾收尾的故事书，让人恨不得化作一只手去重写那个结局。也许每一个孩子都曾经试图用自己的生命去重写父母的故事吧。

　　作为孩子，与他们在一个屋檐下生活了很多年，我曾以为我对他们无比熟悉，熟悉他们说出来的话和没有说出来的话，熟悉他们的行为模式，熟悉他们对待彼此的方式，我以为我可以摸到他们之间的那个结，我以为我可以松解。

　　但当我也爱上了一个人，当我也成了母亲，我才发现自己也会不自觉地去重复系那个结，在某一刻我也会说"看，我做了这么多"，然后心里想"为什么你没有如我的期待"。往下看着孩子，往身边看着丈夫，再往上看向父母时，我开始意识到我们是同一条锁链中的一环。

我开始了解妈妈层层叠叠的唠叨，是她想说：我这么好，我做了这么多，若你是个感恩的好人，你应该对我好一些。她在埋怨，但其实她在说爱。而爸爸每天听着却没有回应，可他会在年节时说："确实是辛苦她了。"他心里懂她的好，但他的行为仍然会对抗。她的渴望向左，她的言语向右，她把自己打了个结；而他的心思向南，他的行为向北，他也把自己打了个结。两个各自拧成团的人要如何去拥抱对方呢？

我才慢慢认识到，你是怎样的棋手，就会遇见怎样的对手。那个结并不在他们之间，而在他们彼此身上，然后一直延续到我这里。两个人之间能够长久地滋养，或者能够长久地消磨，那都是一种势均力敌，那都是他们之间的相互吸引。我没有办法在中间去完成什么。我才发现，原来我好似从来没有了解过父母，就好像当初翻开那本相册一样，即使我离他们这么近，我与他们这么亲，可能我从未完全了解我的爸爸妈妈，我一生都不可能看完这一本书。又谈何去改写或重写呢？

我只能把力量收回到自己身上，不把生命的责任向外推。这条追本溯源的路，让我终于明白父母不过也是平凡而不完美的人，我终于把人生这本童话读成了小说。人与人之间没有句号，没有一句盖棺定论，其间的每个人都走在他的路，无可奈何又让人久久挂怀。

或许这就是家的意义，让我们对这个人间终于不再有过高的幻觉，也不陷入过低的迷障；让我们可以降落在此处，即便我们未能看见彼此的天空。这两位世间与我最亲的人，让我学会了去尊重这世间的每一段关系，尊重一个人与生俱来的限制，即使亲如父母子女，我们也无法抵达另一个人人生的全部。这让我对父母的关系有了敬畏，也许父母比孩子更早地懂得这一点吧。在孩子坚决说"不"的时候，在孩子决定去远方的时候，在孩子开始去爱别人的时候。

还记得我结婚的那一天，那是我第一次看见爸爸有那样一张脆弱的脸，我之前从没有见过那样的父亲，我之后也没有见过那样的父亲。那一瞬间，他的神情是如此短暂又如此复杂，好似一个不小心，整张脸就会化了，但他很努力地让那一瞬就只是一瞬。不想碰碎了他的脸，我含着的泪也没有滴下来。这让我想着，曾经他在无言出门的时候，是否也有过这样一张脸？

我和父亲母亲，曾经那么近，又曾经那么远，走了那么久那么长，我们之间陌生又熟悉，可正是这样的人间，让我们一次次走在与彼此相认的路。

我的妈妈是只刺猬，很少有人懂她的优雅

宁远

几年前我爸来我生活的城市看我，我请他吃云南汽锅鸡。几杯酒下肚后，我突然问起："爸，你当年到底喜欢我妈哪一点？"

我爸又喝了一口酒，咂一下嘴，停顿几秒，我感觉他的思绪已经回到很多年前。果然，他眨了下眼睛回到现实，对身边的女儿说："这个啊，你妈是当时我们村最爱干净的人。她穿白衬衣。"

噢。在那样的年代，一个农村女人，每天下地干活，却穿最不耐脏的白衬衣。每天干农活要把衬衫弄脏吧，那就得经常洗。那时候可没有洗衣机，洗衣粉都没有，我小时候还用过皂角呢。物质贫乏，所以妈妈并没有很多白衬衣吧，那么仅有的两三件白衬衣一定洗得好柔软，面料表层磨出淡淡的绒毛……

我妈是个爱美、勤劳、用心过日子的女人。虽然她嗓门大，总对我们发脾气，但这多半也是我爸惯出来的。一个爱干净、穿白衬衣的女人，无论日子多艰难、多清贫，无论嗓门多大、多爱骂人，总不会差到哪里去吧。她的内里总在向上、向美，渴望过一种清白

的人生。

小的时候我一直不理解我爸为什么会娶我妈。我爸长得帅，会各种技术，虽然上学不多，但勤奋努力，靠自学识字，也算是山村里的读书人。我妈呢，嗓门大，爱骂人，不识字，开起玩笑来口无遮拦。就是这样的两个人，却小吵小闹也相伴相守了一辈子。

我妈不管骂谁都大声武气的，我从小常被她叫"小短命的"，只要听到"小短命的"就知道没什么好事了。而且她骂我从来不给我面子的，同学来我家玩呢，她骂我被子不叠好、东西乱放。骂我爸也是，人越多越骂，我爸经常气得不行。也可能正是因为她的骂，我小时候乖巧懂事，最为著名的优点是"杨大姐的女儿居然不会骂脏话"。

妈妈如今六十五岁了，周围的人都还叫她杨大姐，她的微信名字也叫杨大姐。和她去医院，路过一家卖卤菜的小店，店名叫杨胖姐。我说，杨大姐你亲戚开的哦。杨大姐说，是啊，进去嘛，随便吃。

杨大姐进医院是因为把手臂摔骨折了。在小区广场玩一种站上去两条腿前后摇摆的健身器，玩得高兴了，叫我爸过来拍视频。我爸拍第一次，她看了不满意，要再来一次。这一次她可能用力过猛，又过分关心自己的姿势好不好看，一不留神摔地上了，右肩胛骨折。

当时看见杨大姐摔地上了，我爸吓得手一抖，手机也掉地上了。面对同样躺在地上的杨大姐和手机，我爸第一时间捡起了手机，杨大姐就一边叫唤一边骂："张老头你个老疯子，手机有我重要哇？"事后杨大姐一直耿耿于怀，但我爸一脸无辜："我当时是怕手机摔坏了遭你骂啊。"

有一次我们全家逛西单，停车的时候我爸说，这儿好，这儿停车买东西不要钱。杨大姐大吼，不要钱你拿点给我嘛！我爸说，我说的是停车不要钱。我妈说，屁，你说的是停车买！东！西！不要钱！你这个老疯子！

其实杨大姐脏话也骂得少，主要是气势压人。我家小弟小勇自己在专柜买了一双鞋，几百元。勤俭节约的杨大姐一听价格脸色就变了。小勇说，其实还有一双更好看的，要六百多。杨大姐大吼，那你咋不买六百多的呢？这是杨大姐特有的愤怒方式，但那天小勇明显理解错了，他无辜地回答，我钱不够得嘛。

我妈这种说话语气，有时候还真容易让人理解错了。比如某天小练自己泡方便面，因为最爱喝方便面的汤，所以她找来一个大碗，倒了很多水进去。我妈看见了大吼："呀，你咋不把一壶水全倒进去喃？"小练抬起头望我妈："没有更大的碗了啊。"

我妈、二姨和小姨，三姐妹是我见过她们那一辈最爱笑的人。她们仨见面，老远看见了，打招呼的方式非常离奇，我妈会大吼一声"喔——"（音调由高到低再转个弯），我二姨一听也来一声"呀哈哈哈"（时间拉得很长），我小姨就一路飞奔，同时大声笑"嘎嘎嘎嘎……"然后她们就聚在一起笑成一团，剩下我和弟弟妹妹们面面相觑，然后大笑她们的笑点实在太低。

但她们也是最会吵架的人。就是那种哭啊笑啊都特别彻底，痛快得很。不得不承认，我其实很羡慕这样的人生。

我妈对人做事不会绕弯子，讨厌假模假式，根本不顾及我这个文艺女青年的感受。过年前有一天我好心好意问她："妈，请告诉我你的愿望清单，新的一年我一个个帮你实现，首先，你想要什么新年礼物呢？"我说这句话的时候，我妈正在厨房砍一只鸡，只听她手起刀落："拿！钱！来！"

年纪大些了记性不好，但我妈有一套自己的方法帮助记忆，比如给亲戚的小孩取绰号，取个自己觉得很好笑的名字，就把人记住了。村里有家人的小孩子叫"小秀"，她会叫人家"秀狗儿"，因为那家人养的一只狗和小秀长得像。我家开麻将馆的时候，有位姓李的客人老输，杨大姐就叫人家"李书记"。虽然是暗自取绰号，但是每一次她取的绰号都能迅速在方圆之内流行开来。

我妈还跟我讲过年轻的时候在村子里炸金花（一种纸牌游戏），她和我二姨小姨串通好了出老千，手上拿了什么牌想要对方知道，就讲暗语。比如一对 A 就摸摸自己的头说"向雷锋同志学习"（老家称呼 A 为帽子，雷锋帽那时候很流行），一对五就高喊"啊，毛主席的队伍……"。牌友们的评价是，这三姐妹政治觉悟真高啊。

在成都搬了新家，有一天隔壁邻居过来聊天，我爸问邻居贵姓，对方说姓艾。我妈又补问："你老婆姓啥子？"对方说姓梁。我妈一听哈哈哈大笑："好记好记，爱你老娘！"

发生在我妈身上的这些事还有很多，有些更有意思的很难用书面语表达出来。而且随着年龄的增长，她的身上自带一种特别的气息，有杨大姐的地方空气都是不一样的，慵懒又轻松，像冬天太阳下翻晒过的棉被。我是越长大才越明白这一点的可贵。

我们现在的关系越来越放松。小时候我曾经暗暗下决心，长大了才不当她这样的妈妈。但如今我每次骂完自己的小孩，就惊觉我是另一个她。

我妈对我的性格也是有意见的，我到现在都记得小时候她骂我，我哭了，她看我的眼神充满嫌弃。她说，你咋会这么小气啊？她不明白我的敏感脆弱，爸爸的敏感脆弱她也不明白。但我和爸爸都慢慢接受了这种不理解。如今我常对自己说，人要活得"皮实"一点，像我妈那样。

如今我这么大了，好像也不需要她的理解了。倒是我越来越理解她。她就是那种人，爱和恨都写在脸上。而且，年轻的时候，因为怕受伤害，就先把自己武装成刺猬，时间久了，刺就长在自己身上了。她的那些刺，是在贫苦的童年里长出来的。我还记得她的妈妈，也就是我外婆的样子，和我妈一样，外婆总用进攻的姿态保护自己。她抽叶子烟、喝酒、骂人，但也会在夜深人静的时候给我唱她小时候听过的歌，或者不经意地往我怀里递过来一把水果糖。

我亲爱的妈妈，她当然也有她的脆弱，但那种脆弱我永远无法靠近，也无法安慰，就像她永远理解不了我的孤独。

但，她就是我的妈妈啊。

我清楚记得妈妈生病的那些天，病床前站满了亲戚。她一如继往逗大家笑着闹着，只是偶尔肩膀痛了才会咧一下嘴巴。

五
故乡

在他乡，种故乡

主持人：宁远
时间：2016 年 2 月 20 日
地点：我们在各自的家里，通过微信群聊

关于"故乡"这个主题，可能因为我和明月村的关系，菲朵和 Yoli 都认为应该由我来主持。2015 年在北京，在我的主持下，三个人开始了这个主题的谈话。我们谈了大约两小时，谈得很深入，但事后却怎么也找不到当时的谈话录音了。于是半年后我们通过网络再一次谈到了故乡。

网络上的谈话进行到深夜十一点多，觉得差不多了，道完晚安我就去睡了。早晨我醒来，看到 Yoli 在群里说，她开始宫缩和阵痛了。当天晚上，宝宝降生。新的生命来到世间，给这次谈话增添了神奇的光。由故乡到孩子，我相信菲朵、Yoli 也和我一样，感谢这个夜晚带来的一切。我尽量少地删去聊天内容，原样呈现谈话的面貌。

宁远 关于故乡的话题，我们去年 8 月在北京三里屯附近的一间西餐厅聊起过，那天聊得很愉快，西餐厅二楼的露台上，有风，服务生是个印度女孩，眼睛圆，长得特别。但是在整理资料的时候，我却怎么也找不到当时的录音了。首先要向两位郑重地说一声抱歉。

菲朵 一切都事出有因，让我们再多一次机会在一起。

Yoli 怀着孩子，聊着故乡，一切都是最好的安排。

宁远 现在就开始吧。此刻我在成都的家里，孩子们睡了，我坐在小书房里面对电脑。小书房是一个门厅改建的，大约不到五平方米，窗户边的罐子里有一大束两天前从老家山上采来的野花，是干花，估计能保存半年以上。老家在八百公里之外的大山里，这个春节我们全家都回去了，在那里还生活着我年迈的奶奶，她身体不错，自己种的菜根本吃不完。

我的人生里，故乡一直占据特别重要的位置。可以说，我现在做的每一件事情都和故乡有多多少少的连接：写作、做衣服，包括去明月村。就拿我的工作室来讲吧，至少有一半的同事来自老家的山村，我的妹妹、弟弟、表妹、小时候的邻居、表姨……我们小时候的梦想就是长大了要一起开商店，果然现在就在一起"开商店"。我生活过的小山村给了我太多的滋养。

菲朵 看远远写她的故乡，就能感觉到她是一个温暖柔和的人。小时候被一个地方接纳，建立感情，并贯穿整个生命，成为她生命力的根系。我刚好相反，极少会想到自己的故乡。有时候被问是哪里人，也要迟疑上几秒钟，我更习惯以北方人还是南方人来定义一个人的归属。

70 年代出生于山西太原，十五岁离开去往广州。上小学的时候，有同学说他们家全是本地人，我一直不明白那是什么意思。下课后，同学们流行说方言，那些说方言的人很快就成为一个小团体。我只会说普通话，包括我的父亲和母亲也是，后来我才明白方言是本地人的一个重要标志。十五岁在广州，依然是方言把我和本地人隔离开来。

宁远　是这样的，语言很重要。我现在每天去工作室就讲家乡话，有时候大家开玩笑什么的，同乡人笑得流眼泪了，外人也不懂笑点在哪里。不过这也带来一个问题，很难遇到不是一个村子的人能够融入我们的团队。顺便讲一句，我们的孩子都不会讲方言了。

Yoli　远远讲述故乡时，带给我一种亲切又遥远的情感。我处在你们两个之间。我从小生活在一方小院里，院子前后都是梧桐树林，待在这个院子里，会觉得这是一个世外桃源。我们家非常隐蔽，人们常常不知道这里有一户人家。但是从后院的院墙一翻出去，就是一个热闹的社区，孩子们在跑，大人们在喊，喊孩子们回家吃饭，喊他们不要弄脏了衣服……所以我对热腾腾的人世，总有一种旁观者的感觉，它在离我很近的地方，但我不在其中。这座小院是我爷爷在我出生那年盖的，我在那里一直长到十五岁。我一直觉得只有这个小院可以收容我，因为我只要出了这个院子，走到哪里，别人都会跟我说，你不是我们这里的人。

所以我对地域的故乡是没有感觉的，我的故乡只是那个小院，那一片树木，我非常怀念在那里度过的童年时光，那些树荫下斑驳的光影，那些梧桐树，那些花，那些林间的鸟，甚至是我小时候最害怕的蛇。

可我永远失去它了，在我十五岁的时候，它成了一座小小的寺庙。在成为寺庙以后，那些树被砍伐了很多，因为他们说树太茂密让人看不见庙。而现在寺庙也要拆迁，据说要修路，那么就连树桩也不会有。我先失去了它的魂魄，如今连一个腐朽的肉身都要失去了。我想，也好，从此世间每一条两旁长满茂盛树木的路，都是我回家的路。我的故乡就在树里，花里，就在那些细细碎碎穿过枝叶的光里。

菲朵 我也有同感，小时候在郊区的外婆家住过两年。每天在小树林和稻田里玩耍，捉蜻蜓，逮蚂蚱，以至于后来对大自然格外亲近。只要是有这些元素的地方，就会让我产生故乡的感觉。在城市打工的那些年，基本上每隔六七年就会与一个城市告别。开始新生活对我来说没什么难度，也觉得与一座城市分离没那么可怕，不过都是暂时寄居而已。一直到2003年冬天初遇大理，它的山、水、农田和小镇里的生活方式，唤起了我的乡愁。我第一次感觉到自己对一个地方产生温柔的情愫，我喜欢这样的自己。一次次前往，终于在2008年留了下来。

宁远 菲朵身上有一种流浪气质，但不是波西米亚式的。

菲朵　流浪的人其实是为了寻找故乡。

Yoli　十五岁失去小院的那一年很难过，但是我的好朋友跟我说，人可以有两个故乡，你的故乡是你爷爷给你的，但是这个小院也不是你爷爷的故乡啊，而是他创造的。你以后老了落在哪里，哪里也可以是你的故乡啊。于是那个时候我就想，啊，那我以后爱了谁，谁就是我的故乡吧。

菲朵　以前看问题比较片面，对一座城市没有留恋就是因为个性冷淡；形单影只就是因为孤僻；一个流浪在旅途的人，就是为了寻找自由。在今天，有很多旧观念被打翻。形单影只很可能是因为他深情，一个浪子很可能是在寻找他的家园。对我来说也是这样，心里有一种体验想要去完成，于是尝试用各种方法。

从十几岁到三十几岁，在不同的城市生活，事实上是为了建立一种自我体系。故乡也好，家庭也罢，都是为了寻找归属感。故乡的意义在于，你知道这个世界总有一个地方会接纳自己。

我的孩子出生于 2011 年，那是一座连我自己也不熟悉的城市。大概二十年以后，他或许会对别人解释：我出生在哪里，成长在哪里，在哪里工作和生活。他或许连解释也省了，因为新的人类会生长出新型的归属感。我不得而知。

宁远　我们的孩子可能真的不需要一个确切的地方，称作故乡。

Yoli 故乡的情感其实是一种"我知道我从哪里来"的确定感。我是谁，我要到哪里去，这两个生命之问都不如"我知道我是哪儿来的"这么容易找到确认，所以故乡在情感上会成为人精神的一个锚点，给予人们安定感。但现在社会的巨大变化，让这个部分也变得充满变数了，所以人必须重建自己的安定感。

菲朵 时间在变，世界在变，人们的思想也因为要顺应世界而不断发生着变化。我相信人们需要被接纳的渴望会一直存在，但一定会有更多的途径可以到达。比如说，随着独立生活的能力越来越强，人无论在哪里都可以被接纳。也可以说这是一种自信吧。

Yoli 因为童年没有邻居和玩伴，所以我会很努力去融入那些社区的小孩。因此也保有这样的惯性，一直很努力地融入人群。但后来发现这是一种很深层的自卑，我应该承认和拥抱我所经历的一切，我应该对我之所以是我拥有自信。当我放下融入人群的努力，内心反而安宁多了。

宁远 我想讲一个对我特别重要的感受：小时候我特别怕在我的小山村之外看到日落，要是看见就要哭。直到我二十岁那年陷入爱情，遇到一个当时认为可以依靠一辈子的人。我和他一起，在小山村以外的地方看过日落，而那时我不再感觉悲伤。我是以此确定了我对他的爱。

菲朵　一旦拥有了一种情感，就觉得自己不再是浮萍了。哈哈，人类是多么需要积极的幻觉。

Yoli　爱人带给我们似曾相识的感觉，就像回到故乡。

宁远　是的。可是为什么你们对故乡没有太多感觉，又那么想找到故乡呢？

菲朵　我刚才有提到过，当我身在大理，心中升起一种很温柔的情愫。我喜欢它，它也欢迎我，这种感觉，不亚于爱情的魔力。我喜欢这样的自己，她放松，所有的棱角、倒刺都收起来了。与其说我喜欢大理，不如说我喜欢身在大理的自己。那种安全感和自我归属感，让我少用很多蛮力。我所理解的故乡，也有同样的功能。

Yoli　哈哈，"蛮力"，我喜欢这个词。我没有感觉的部分是人与人之间构建的划分群体的高墙，人是非常擅长精细地划分群体的。你从哪里来，你讲什么语言，都会决定你被什么群体接纳。可这些都不是我可以决定的，我不知道我可以被哪里接纳，我没有选择，我对此没有安全感。

但我在成长，我可以构建我的安全感，我可以通过确认我自己，寻找我的同类，学习付出我的爱，学习很深层地去接纳，接纳别人也接纳自己。我所有的向外行走，其实都是为了回归。

宁远　我现在回到老家，其实也没有故乡的感觉了。除了我的奶奶，故乡像一个任人装扮的陌生人。我常常跟人说，我去明月村其实就是"在他乡，种故乡"。就是在一块陌生的土地上去建立自己想要的秩序、生活的模样。

菲朵　和我在大理一样，它是我自己选择的故乡，尽管其中带着一厢情愿的热情。

Yoli　我倒是好像不需要地理的故乡了。

宁远　菲朵，大理吸引你的是什么？自然，还是人与人之间的关系？

菲朵　大理符合我理解中"故乡"的定义。或许是因为一直喜欢旅行，我对南北差异、饮食、宗教、人文都很感兴趣。一个地方的温度和湿度、植物和动物，包括天空的颜色、云朵的形状，都是一种永久的记忆。我的孩子从出生到七岁，一直生活在大理。其中一个重要的原因，就是我想为他种下一粒种子。大理有很多外国人，他们并没有认为大理有多好，但是大理的自然环境有很多他们童年生活的影子。无论你去到任何国家，大自然总有很多相似之处，这种自然带来的乡愁有疗愈人心的作用。也许未来有一天，当我的孩子站在世界的某个角落，他会突然想起大理。那一瞬间，他会感受到自己内心的柔软。

宁远　其实从这个角度看，我们都是小孩子，小孩子爱玩，但是玩累了总还是要回家。

Yoli　今天心里突然冒出一句话：我没有自信做孩子。感觉我一直在盼望着成为妈妈，成为大人。

宁远　所以就假装是大人……

Yoli　是，先假装是。然后慢慢地等，慢慢地长，长到有一天自己真的是，再来拥抱自己。

宁远　刚才菲朵说的我也有同感。曾经听一位生活在大理的以色列朋友讲过，他来到大理的时候很震惊，感觉这里的一切都曾经在他的生命里出现过。他讲到一个细节：一棵树，旁边有房屋，一条小路通往山的方向……他说，他前世一定在这里生活过。

菲朵　嗯，很美的画面。很安详，很宁静，这就是一种让你安于当下的接纳感吧。所以说，大家的成长都有相同之处，不分地域，不分国籍。从记忆的最初期，总有一个画面在我心里浮现：一个五六岁的小女孩，穿着白色连衣裙在秋千上荡啊荡的。那是我当时和外婆一起生活的两年里最喜欢做的事情。这个画面成为我童年生活的符号记忆。成年之后，我装修自己的房子时，用老木板和粗麻绳做了一个秋千吊在客厅里。那是我面积最小的故乡。

宁远 有故乡的人也会觉得自己是个边缘人，接触任何一个新环境都觉得那个是"他们"，不是"我们"。

菲朵 哇，原来如此！这个概念很有趣，对我来说很新颖。

宁远 Yoli，对你来说，寻找故乡，不管是精神还是地域的故乡，最终寻找到的是什么？

Yoli 一种前所未有的人与人之间的关系吧，抛却所有简单的、标签式的划分。不是通过一些文字、数字、符号来认识人，或被人认识。我希望能和这个世界有一种很深层的结合。我信你，你信我，我接受你，你接受我，我完全地把我交给你，你完全地把你交给我。我们和自然很容易建立这样的关系，所以自然很容易引发我们的归属感。

我在画画的时候也会生发这样的感觉，我必须和我的手建立信任。当我磨练一项技艺的时候，我好像是在通过技艺修习的方式，和自己的身体建立默契，直到我学会灵活地运用它。但是，和自然，和自己，这种关系的建立都相对简单和容易操作一些，可是和另一个人就很难了，这是世间最难的功课。但我们可以通过从自然、从技艺修习中习得智慧来实现。

菲朵　姓氏、名字、籍贯、祖屋、家谱……这些东西给予一个人身份上的确认，可以追溯到自己的宗源，更是自己作为个体在大家族里的序位体现。我现在可以理解，很多人到了七十岁左右，就特别想回老家看看，那是他们内心最柔软、最有安全感的一部分。

宁远　一个有家可归的人，其实挺悲哀的，因为：反正我迟早要回去。在外面的奔波和劳累都像是在彩排、预演，像是某种准备。始终带着深深的疏离感。

菲朵　对于故乡，远远给了我很多新的理解方式。

Yoli　我最近做了一个 DNA 检测，可以查看血缘构成，过去我们可能认为自己是这个地方的人、那个地方的人，但当我看到自己的血缘构成那么复杂，来自那么多不同的地区时，会有一种很神奇的感觉。我的祖辈们从不同的地方来，发生了许多故事，就像溪流交汇分离又交汇，最后有了一个我，而他们每个人都留下了一部分，在我的唾液里，在我的血液里。

菲朵　你们俩记得在清迈的时候，我们曾做过的家族冥想吗？那个冥想我做到外婆就没法继续下去了。我没有见过爷爷、奶奶，也没有见过外公，很难有情感连接。当时我有一种失落，自己没有尽到晚辈对祖先尊重和认同的责任。当然，我也没有感受到自己被祝福。我不知道这件事情和故乡的联系，但冥冥之中又觉得是同一件事情。

Yoli 我发现我的内在矛盾就来自于祖辈之间的矛盾。我的奶奶是个大家闺秀，她这一生经历过很多苦难，但是她一直都淡淡的，我从未听她抱怨过什么，很难从她脸上看出她经历过什么。而我的外婆是鲜明的市井女人，她活得非常热气腾腾，跟我奶奶的清浅淡然截然不同。我爷爷非常倔，脾气很硬，我外公却又是个十分柔和的人，为人处事非常温和。

我长大了才发现，这是根本不可能结合在一起的两个家庭，一边是水，一边是火。它们造成了我父母之间很多的问题，而我也带着一种与生俱来的矛盾。我的处世方式里一半是我奶奶，一半是我外婆，我的个性里一半是我爷爷，一半是我外公，而我似乎必须用我的生命将这两个部分融合。

宁远 在清迈的时候，我回想自己的家族、父母，不知不觉就流泪了。生命多么不容易，但又多么倔强、顽强，一代又一代。

Yoli 我对自己为什么是这样的多了一份理解。过去一直希望被外界接纳，在那一刻，我发现我需要的是对自己之所以是自己的接纳。

宁远 故乡、母亲、家、家族，这些意象其实是连在一起的。

你们说起这个，我就又在想我们的孩子了。也许我们的孩子们没有地理意义上的故乡，但他们会记得小时候得到的安全感、归属感、爱……这些是精神意义上的故乡，生命的来处。

Yoli　去爱孩子们的过程，也是完整我们的过程。

菲朵　有故乡就好好珍惜，没有就给自己找一个。在他乡种故乡。

宁远　是的，有故乡的回不去了，也在别的地方找一个。时间不早了，孕妇先去睡吧，菲朵也早睡。我整理了看看还有什么需要补充的，再找你们。

（夜里 3 点 31 分）

Yoli　跟你们聊完我就宫缩了……

菲朵　要去医院了吗？好紧张！

Yoli　还没有到要去医院的程度，睡着了痛醒了，现在正在计时。

菲朵　我刚才打瞌睡也快睡着了，被你一说也醒了。

（上午 7 点 41 分）

宁远　啊！加油好姑娘。

Yoli　现在准备吃了早饭去医院。星宝捧着我的脸说：你就像个肚子痛的孩子，妈妈，你现在像孩子一样⋯⋯

晚上 10 点 30 分，Yoli 的先生发来信息，母子平安。又生了一个儿子。

回家的路

宁远

乡村生活，那是我生命的来处，我也终将回到那里，这是一个农村长大的孩子对土地怀有的最深的眷念。这是幸运，也是宿命。叶芝在《乡村鬼魂》里写："在大城市，我们活在自己的小团体里，对世界的了解少之又少。小镇或是村庄人口稀少，没有这些小团体。因此，你必然可以看到整个世界。"

乡村生活，要说最记得的，是漫长的时间，记得中午在阳光下犯困，记得大人们出工后，那种乡野里安静得让人能听到自己平静呼吸的时刻，记得很多时候的无所事事。为了"混时间"，我学会了爬树，学会了织袜子，学会了父母不在家的时候给自己煮饭，学会了把山里野生的兰草挖回家种在院子里，学会了采摘桑叶养蚕宝宝……当然，也学会了有些特别的时候安静地坐在院子里，看阳光爬过窗台。

让大脑处于放空的状态。朋友有篇文章说："空白是绝对必要的。"每个人面对空白时间的态度，每个人在打破空白时间时所做的事，决定了这个人和其他人的不同。个人的成长正是从面对无所事事、打破无所事事开始的。

我的家在半山腰的一个小村庄里。村头和村尾各有一棵大榕树，大到树中间空了，小孩子可以钻进去躲猫猫。村中间还有一棵更大的榕树，需要十几个人合抱。傍晚的时候，土地还散发着太阳照射过的余温，羊群归圈，鸭子在水池边扑腾，水牛的尾巴有一搭没一搭地驱赶小虫子，村子里的人们就都聚到那棵最大的榕树下聊天。猫啊，狗啊，小孩子啊，就在大人中间穿去穿来。村庄背后的山就叫"背后山"，山上长满长尾松，风吹过来的声音太好听了，像长大了听到的某种咏叹调。大人们在地里干活的时候，我就和表妹往山上爬，一边爬一边采野花，爬到一处厚厚的松针覆盖的山脊，累了倒在松针上睡觉，直到大人们从远处吼："收工喽！"我们才从地上爬起来，拍拍粘满衣裤的松针，一阵风往山下跑去。

从我家大门出来往右一百米是一条河，河水从大凉山上流淌下来，流到我们村子，形成一个不大不小的河滩。夏天的时候，我们小孩子就三五个邀约着去河里游泳。河里还有小鱼和小虾，用撮箕撮了来，捡来路上的瓦片当锅，生起火就可以煎小鱼小虾，没有油，撒点盐就是人间美味。这么玩着玩着，天就黑了，就有家长拿着"条子"（打人吓唬人的枝条）在岸上大吼："短命娃儿还不回家，找死啊！"

1984 年，我四岁，全家搬进了这座院子。院子是爸爸妈妈从结婚那天起就立志要攒钱建造的，五年时间，梦想成真了。院子里有三棵松柏树，一棵李子树，院门上方爬满了罗汉果藤蔓。正房三间，厢房两间，东厢房我奶奶偶尔会来住，西厢房呢，我妈把它改造成了村里第一家，在很多年内也是唯一的一家小卖部。

除了上面说的，还有猪圈和巨大的厨房。厨房除了巨大的操作台，还有巨大的煮饭灶台和更巨大的煮猪食灶台，以及，更更巨大的大水缸，说是水缸，其实叫它水池更准确，跳进去都可以游泳的。最关键的是，除了这些巨大物加上与之匹配的大碗柜、大餐桌，竟然还有一大块空地，可以再摆下两张大圆桌！至于猪圈，和厨房的大小是一样的，它们很对称，分别位于三间正房的左右两侧。就在这个猪圈里，最多的时候养过五十头大肥猪，我妈为此还作为养猪专业户的代表，参加过县城里的表彰大会，我人生的第一次自助餐就是沾我妈的光在大会后吃到的。

我爸我妈就是这么能干，勤劳致富说的就是他们。

那个时候，清晨我总被爸爸的歌声唤醒，他正拿着个大扫把清扫院子。早晨的爸爸总是那么快活，他一边唱歌一边有力地挥动扫把的样子总让我觉得浑身充满了干劲。不管他唱的是《在那桃花盛开的地方》，还是《我的祖国》，他都是在大声宣布：美好的一天开始啦！他扫完地之后还要端来一大盆水均匀地洒在地面上，被夯实过但仍然是泥土的地面因为一层水就会升起一股好闻的味道，直到现在，那味道都是我心中"早晨的味道"。

爸爸在村里有威望，村子里谁跟谁闹纠纷，谁家男人打媳妇，谁家不赡养老人诸如此类的问题，最后都会找到我爸去调解，最后我爸也总能把事情处理得好好的。我妈爱干净，她喜欢穿白衬衣，做事手脚麻利，说话声气好，头发黑又亮，年轻的时候扎两条辫子，是那种清简的朴素的美。

爸妈热情好客，印象中我家厨房总是很热闹，三天两头就要请一次客，除了本村人，还有远近乡亲，甚至山那边的彝族人。彝族人喜欢来我家小卖部买酒喝。一开始，他们买一瓶酒和一封饼子就坐在院子里拿饼子下酒，后来就从院子里喝到我家餐桌上，喝着酒唱着歌，直到太阳落山才提着空瓶子骂骂咧咧翻山回家。说到酒，我家酿了十多年的酒，小卖部的酒都是我爸酿的，村子里种的玉米和小麦酿的五十八度原浆，味道好到什么样呢？县长大人曾经亲自来我家买酒回去孝敬他老丈人。

很多个夏天的夜晚，很深的夜晚，我在床上听到敲门声，随之走进来一两个或者更多的人，那是些打猎的年轻人，他们手里提着野兔子或麂子，有时也可能只是可以炒来吃的有幼虫的马蜂窝，或者几只田鸡。总之，战利品都统统交给我爸，我爸再叫醒我妈，点燃灶台里的火，大家围着火说说笑笑，直到半夜里雾霭升腾。东西煮熟了，我妈就会叫我起床一起吃（其实我早醒了）。年轻人们喝着酒吃着肉唱着歌的夜晚，我爸还能拿出他珍藏的二胡给大家拉上一曲。

村庄就是个熟人社会，我爸我妈是正儿八经的青梅竹马，他俩同年同月同日生，两家父母也算世交了。我爷爷在国民党时期是个保甲长，后来时代变了，受了苦，但因为我们小村庄天远地远的，也不算太动荡。外公呢，共产党员，新中国成立后村子里的第一任村长。俩人年轻的时候曾经联合起来对付过山那边的彝族土匪，一起用过枪、打过仗，这样的交情，后来发生的事到了他们那里也都不是事儿了吧。

爷爷家和外公家相距不到一公里，也就是从村头走到村尾，两人见了面是要作揖行礼的，我亲眼见过，外公还教过我。爷爷不苟言笑，一旦说话都是有要紧事的样子，声如洪钟，气吞山河，吓得我赶紧躲在外公的长衫后面。我还记得外公穿斜襟长衫的样子。外公是爷爷的反面，身材瘦小，整天乐呵呵的，从我记事起他的牙齿就掉光了，他站在屋檐下向我招手："我孙女，过来。"我就走过去，从他手里抠出一颗糖果，听他讲故事。

爷爷教过我背《三字经》《百家姓》，还有《增广贤文》。外公整天喜欢给我造玩具，木头小车、泥巴捏的小房子、芭蕉叶编的丁丁猫（蜻蜓）。现在回想起来，小时候的物质生活还是比较匮乏的，能吃上肉的日子就是快活的日子，但小时候的我竟然从来没有这样的感觉。一直觉得我们家好厉害，我爷爷奶奶好厉害，我外公外婆好厉害，我爸爸妈妈更厉害。好像我要什么爸妈就能给什么，还能有我都没想过的什么，比如有一年我爸去了趟上海，给我妈带回一把塑料花，天哪，那花开得跟真的一样，那个时候觉得我爸怎么那么厉害啊！

我能干的父辈祖辈是多么了不起，他们给了我一个那么好的成长环境。他们可能从来没有想过教育方法，也没有想过要为下一代营造什么样的教育环境，他们只是凭着天性和传统里那些好的东西去生活，一天一天地，积累起来无数的无须用言语表达的真义。

我所生活的这个乡村，有美好的人与人之间的关系，有放松而沉静的氛围，有我想要并一辈子受用不尽的安全感，到处都能看见对待生活的达观，善意无处不在。一个在童年拥有过如此美好的乡村生活、被爱和美喂得饱饱的人，总不会对当下要求太多。成年的路上，每当遭遇不幸和欺骗，尽管也会难过和感觉到受伤害，但最后我自己总能从那种负面情绪里走出来，我很清楚，那都是因为在乡村生活里早就预存的能量在起作用。

八岁那年离开父母寄宿读书，"想家"对我来说是个具体而忧伤的词语。整个小学部只有我一个寄宿生，和初中生住在一间巨大的通铺寝室里，半夜老鼠跑来跑去，我睁着眼睛数羊，数到几百只也无法入睡，又太想家了，就这样躲在被窝里悄悄地哭。小学五年级之后又从乡里转学到城里，城中学校离家有几十公里，每个月回一次家，先坐大巴车，再转农用车，再转摩托车，再走路。运气不好的时候，坐完大巴车就赶不到农用车了，只能从坐农用车的地方一直走路走到家（显然摩托车也没了）。回家的路上，我踩到过毒蛇，被狗咬过，累得在路边睡着过……但即使是这样，我也如此强烈地渴望回家。渴望黄昏来临时翻过山头看到村子里暖黄色的灯光，渴望爬上黄桷树枝头吹风，渴望母亲给我端出一桌温在锅里早就做好的饭菜，渴望父亲从阁楼上找出一直给我留着的大苹果，渴望院子里开着白花的李子树，渴望奶奶粗糙的手在我脸上抚摸……

那个时候跋山涉水的回家之路就像是我一生的隐喻：我其实一直走在回家的路上。每当遇到不顺利，遭遇麻烦，觉得坚持不下去的时候，我都这样安慰自己：有家可归的人生是圆满的。

四年前，遇见了明月村，并且几乎就在半个小时内决定：余生要在这一处他乡种下我早已消失的故乡。每一次从城里出发，上高速下高速，车子拐进明月村村道的时候，两旁是松树、竹林、油菜花田，会突然有一种好像自己被什么东西安慰了的感觉。

我们在明月村设计建造了一间手工草木染布的教室，准确来说，这就是一间与自然有关的学校。学习草木染只是我们其中的一门功课，是一条通道，更重要的是我们要通过学习草木染，来学习怎样走进最最真实的生活。一天里，每一个经历都是在学习。学习和同伴的合作，学习观察这里的自然、天气、植物，学习了解这些工具的使用，甚至我们还要学习怎样去吃饭。到了傍晚，一天的学习结束了，我们会在田野间布置一场精美的田野火锅派对。在竹林和田野的映衬下，我们在一起狂欢，分享劳动之后的喜悦。之后我们又会进入一种很安静的状态，大家围坐在一起书写，相互交流，进入到思考、整理的过程。最后当夜深人静的时候，我们会拥有一段非常好的睡眠。这一天好像就是在经历人一生应该经历的东西。早晨像婴儿一样对这个世界敞开，然后慢慢成长；由中午到傍晚，会有生命最灿烂的时候；也会进入到暮年，进入收拾、思考的过程。一天就是一生。

一个人如果处在一种简单的劳作里面，他的身体和心灵是完全合一的，就是那四个字：身心合一。那是一种非常舒服的状态。事实上，现在有太多的人身心是分离的，他们在做着这样一件事情时，可能想的是另外一件事。但是草木染的学习就是让大家把身体和心灵结合起来，回到当下，就是此时此刻。

故乡，是父亲的旧外套

　　黄昏时，站在厨房的窗边等待米饭出锅。外面有中年男子牵着一条大黑狗经过，吓跑了树荫下乘凉的小猫。大米在被煮熟的过程中，原来有这样安定人心的气味，想必这气味安慰过很多人。2019年7月，从冰岛到芬兰，再加上葡萄牙，有二十多天都是吃鱼和全麦面包，我倒是也过得好好的。回国之后的第一顿午餐，当我端起一碗白米饭，我就知道自己回家了。米用它的平淡、体贴和温柔迎接了我，那一刻内心升起细碎的感动。

　　再次出门，依然是喜欢吃当地的食物，喜欢去当地人散步的地方走一走，喝几杯当地的酒，才觉得我是真的来过了。反正心里知道，几万公里以外有白米饭在等我，心里就会觉得踏实。小小一碗即可，就像电影里失意的人总会在食物中得到安慰一样，温和、朴素，有效，所谓的"乡愁"，就是这无味之味，就是这稳稳地从土地里生发出来的日常吧。

　　2019年夏天，父亲让我和他回一趟东北老家。因为早已经安排好了去欧洲的旅行，所以我和他说等到秋天以后再去。离秋天还差一个月，某天晚上，父亲发来一张没有完成的油画写生，上面画着一片玉米地，中间一条蜿蜒的土路，还有一行短字写在下面："十二岁时，我每天上学走的路。"看来父亲着急，自己先回去了。

"东北"，不过是父亲偶尔会提起的一个地名，他出生在那里，十三岁的时候背井离乡去了外地。东北和我的关系，仅仅是父亲的一张老照片，照片里的少年眼神坚定，穿一件卡其色的旧外套。每每提起东北，我就会想起自己生命中的这个男人，曾经也是别人家的少年。发现故乡，如同亲近父亲，了解一些他的童年之后，隐隐生发出了掺杂着感恩和向往的情愫。然而我几乎走遍了整个中国，唯独没有去过东北。父亲在微信上告诉我，老一辈的亲戚基本上都不在了，我没有接话。但是在这一刻，我感到那苍茫的陌生大地之上，有什么东西与我息息相关。这种奇妙的感受我是第一次体会到，那是生命来时的方向。它竟然也给了我一种，如同刚刚出锅的白米饭一样的妥帖与慰藉。

我们是造物者创造出来为了配合这个世界运转的一分子。候鸟也好，鲑鱼也罢，人类也好，很多生物为了生命进化都要踏上一段辛苦的旅途。回望来时路，在每个人的故乡都有一段序列，在整个家族序列中，会有一处位置为你保留。你在的时候，就成为齿轮里的一部分，要发挥你的作用，承接在家族历史中的责任，这是故乡的强大之处。父亲在五十五年前离开他的故乡，就注定了我们此生都将成为自行滚动的珠子。从此后，故乡只能停留在粗浅的表面。于父亲，是年岁渐长之后的乡愁；于我，仅是一种概念，连乡愁也谈不上了。

去百度查词条，"故乡，就是自己出生并长期生活的地方"。以此对照，我真是一个没有故乡的人。早就离开了自己的出生地，或许是因为缘浅，对它也不曾有过什么眷恋。没有感同身受，自然也就不太了解什么样的人会一直想念着故乡。我只是闷着头往前走，向未知里走，走得越远，越觉得轻盈。没有故乡想要回去，没有地方可以称为故乡。事实上，比起固定的日常生活，迁徙式的成长体验和长途旅行更让我有归属感，它们让我保持着敏感和激荡，并且给了我最大的自由。身为一个永远的异乡人，有希望、有欢愉、有孤独和感伤，但这些悲喜互动并不难挨。

或许，是因为我还不够老。

长期生活在大理。十年前，我带着自己见过的风景、经历过的故事，决定留下来生活，从此生命转了一个弯。这里的街道、山野、溪流因为与我的生活有关而使我心怀挂念。每当有人问我大理哪家客栈舒适，哪家餐厅可口，我都会淡淡地说不太了解，因为我住在自己家里已经超过十年。总之，和游客比起来，有一点长居者的优越感，但比起世世代代居住在大理坝子上的本地人，我又是个彻彻底底的走马观花者。

这里有稻田，有湖泊，有每天不重样的云朵，树木都长成了风的形状。这高原小镇有故乡的气质，也满足了我喜欢旅行的渴望。但我若说自己是大理人，也只是一厢情愿的玩笑罢了……我只是依赖熟悉的事物生活，居住在别人的故乡。"旁观者"的身份带来"旁观者"的视角，漫游其中我只觉得逍遥。

六

孩子

成为母亲

主持人：Yoli
时间：2017 年 12 月 1 日
地点：成都 太古里尼依格罗酒店

    成都的冬天潮湿漫长又无光，这样的天气容易让人的身心都发起霉来。在这里的每个冬天我都很忙碌，这是一种自救，通过不断做事的热气来抵抗阴湿寒冷的侵蚀。我们仨又聚在了一起，女朋友们给长久阴霾的冬日带来光。窝在市中心的酒店，靠着玻璃窗很快呼出一层热气，朦胧间俯瞰这座熟悉的城市，忽然生出一种陌生的抽离感。

    我们忽然想起很久没有逛过街了，于是三个人一起跑出去，特别正经地拍了一组"登记照"相片，又特别郑重地一起去选衣服，挑面膜，就像三个第一次进城的小姑娘。

    这三年，我们经历了好多事，我生了第二个孩子，远远怀了第三个孩子，记得我怀孕那会儿我们仨就说："让这本书跟这个孩子一起诞生。"结果两年过去了，一个孩子生了，又一个孩子来了。"这本书会跟这个孩子一起诞生吗？"我们彼此看着扑哧一笑，都不答话。

    关于这本书的对谈像一个任意门，仿佛"咻"的一下，人就可以进入到另一个心灵世界，得以暂时退离现实的困顿。我们既期待打开任意门的喜悦时刻，又格外珍重，怕把份额早早用完。

在女性的生命之中，生孩子一定是最把她的自我逼到绝境中的事。因为从来没有一个时刻会比这个时刻失去得更多：失去时间，失去空间；也从来没有一个时刻会比这个时刻要求得更高：所有人都期待着妈妈们的尽善尽美。我们既要在失去那么多的时候不漠视自己，还必须在满足那么多的时候与自我和解。

做妈妈真是一门艺术，既要懂得适时投入，又要懂得适时退离的艺术。我们的过往不断地把我们往下拽，我们的生活不断地把我们往窄里挤，我们曾经都想着：我可不要活成我的母亲那样，却在某些时刻不得不承认：天哪，我居然和她没有区别。

在这座晦暗湿冷城市的高空，我们交流着做妈妈后那些无力和气馁，也交换着不得不从这些暗淡时刻站起来的改变和收获。正是在这样的局限和无力里，这些郑重的心灵对谈就有了格外的意义，那是我们在狭窄生活里努力向上伸展的触须。正是黑暗湿润的泥土沉甸甸地一直把我们往下拽，我们才能够有根可依，向光而去。

Yoli　远远，你觉得生孩子有为你带来改变吗？

宁远　刚生完孩子那一年，一位许久不见的朋友见到我后感叹，说我的笑声变了，她说以前我的笑声是从嗓子那儿发出来的，又细又脆，现在是整个身体都在笑，气动声发，来势很大。我觉得这个观察很有意思。我自己感觉到的是孩子让我更敏感了，借由孩

子的目光，我看见了过去三十年被我忽略的很多美好，比如清晨的光线，阳光下排队行进的小蚂蚁……比如，没有孩子之前我是一个对小动物没太多感觉的人，有了孩子，看见小动物心里就会变得柔软。

自我意识的觉醒也是有了孩子才开始的吧。"为了孩子，我要让自己变得更好。"——我常常对自己这么说。成为母亲，也是从小我走向大我的一次飞跃，我比任何时候都希望做点什么，让这个世界变得更好。

Yoli 哈哈哈，说到笑声这件事，我也发现你现在笑起来简直整个胸腔都在震动。我也是生了孩子以后觉得要为自己好好活，我以前是一个特别容易妥协的人，觉得什么都好，你们决定了就行。但是当了妈妈以后我觉得不是的，我得有我的声音，我得有我的喜好，我得有我的见解。如果我希望我的孩子有自我，那么我得先有；如果我希望我的孩子有梦想，那么我得先有。我不能让他来填满我生命的空缺，我得把我的人生活给他看。菲朵，你呢？你记得孩子出生的那一刻吗？那时你的感受是什么？

菲朵 我的孩子出生在清晨 7 点 58 分，那一天的日出很美，阳光照在产房的白色墙壁上、产床上，还有我的医生、麻醉师以及助产士戴着口罩的脸上。当时，孩子的父亲也在我身边，那个清晨充满了新鲜的能量。当孩子被放在我的臂弯里，他甚至睁开眼睛看了我一眼，然后开始吮吸乳汁。那一刻我感到恍惚，原来人是可以变魔术的，这么具体的一个人竟然是我生出来的，太魔幻了！他的到来，让我一步跨出了虚无。整个世界都变清晰了，道路也自动产生了方向。那是我从女孩变成女人的分水岭。

Yoli 是啊，那真是生命中动人的一刻。我看见孩子的第一眼就流了泪，心里冒出来一句话：这是我的孩子吗，这是我的孩子啊。不过对于孩子，女人和男人的感受还是不同的。你们觉得，生孩子有给夫妻关系带来影响吗？

宁远 我好像是因为想生孩子才觉得应该结婚的……有了孩子，婚姻会更稳固，你和另一半不只是感情上的连接了，你们还有合作，就像办公司有了共同目标和愿景。认认真真养育孩子，等于两个人都又活了一次。

菲朵 当然，无论正面还是负面的影响都会有。因为孩子的降生，一个家庭正式诞生了，两个人的世界一下子变成了一群人，甚至和双方的家庭也有了更多的连接。表面上我们都成人了，开始为人父母，为另一个生命担负起责任。但其实两个人都没什么经验，现在回想起来，真是摸着石头过河。当时那种忐忑连自己都没意识到，估计大多数女人在怀孕初期都是无意识的吧……最初的喜悦过去之后，夫妻会产生一些微妙的情绪变化，有委屈，有失落，有误解，这段经历想必很多人都会产生共鸣。

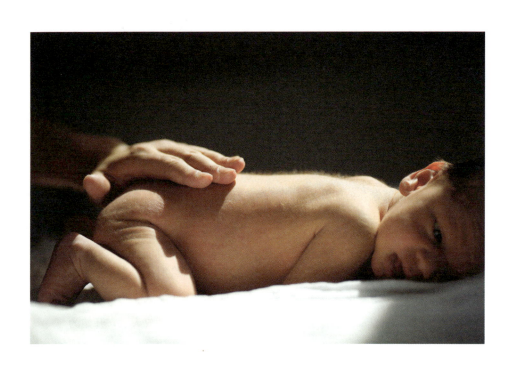

Yoli 嗯，是的。我们过去总是从电视里、书本里接收到生孩子这件事美好的一面，但从来没有人告诉我们如何面对跟随一个孩子到来的一地鸡毛。我生孩子是同学里也是同事里最早的，完全没有前车之鉴，所以很快就从初为人母的喜悦掉进猝不及防的现实缝隙之中，才发现有了孩子以后的生活如此让人手足无措。我和孩子爸爸都说，如果不是生孩子之前我们已经相处多年，彼此有着感情和信任，估计这一段路会更难走。所以如果我早一点知道，我一定会早做很多准备。

你们觉得当妈妈是件伟大的事情吗？

菲朵 不觉得，而且不喜欢这种说法。我个人认为当妈妈只是一个女人生命过程中的一种选择、一个角色、一种体验、一份责任，当妈妈是日常的生活。

宁远 做母亲是天性，谈不上伟大。

Yoli 我当妈妈以后会警惕对妈妈的歌颂，强化妈妈的辛劳，强化母爱的牺牲，我会觉得这样对母亲的拔高于我是一种绑架。我的孩子不是为了歌颂我而来，并且恰恰相反的是，我感谢我的孩子，他们是生命给我的礼物。

那么，你们觉得自己是好妈妈吗？

宁远 我呀，算是个过得去的妈妈吧。我对做专业妈妈没兴趣，也不觉得养育孩子是一件"含辛茹苦"的事。不觉得要把自己的全身心都献给孩子才对。给孩子放松又坚定的爱，鼓励他们去过他们的人生。这些，可能恰恰是我敢生三个孩子的原因。

菲朵　前几年看过一本书，里面谈到母亲分两种。现实型母亲和幻想型母亲。现实型母亲含辛茹苦地养育孩子，潜心研究厨艺，为孩子缝制衣服，创造出一种浓郁的养育孩子的居家气氛，孩子也很享受母亲的精心照顾，这样的母亲被称为好妈妈；相反，幻想型母亲可能不会那么精致地养育孩子，她更喜欢从思想上影响孩子，同时也要求自己越来越完整，希望起到以身作则的作用。

很显然，我属于后者。尽管可以做家务，也会做饭，但我还是要挤出更多的时间看书、写作、在琐碎的居家生活之余有独处的时间，我还需要有工作、有独立的经济能力。也正是因为这样，每天孩子睡觉以后，我总是一个人在书房待到很晚。作为女人，照料自身需要极大的勇气，我不确定自己是不是一个好母亲，但我尽力了。

Yoli　生孩子以前还不觉得一个人待着对我那么必要，毕竟过去那是个很自然的部分。生了孩子以后，独处对我来说是一件突然变得清晰明确而且重要的事，就好像睡觉只是得到了身体的休息，而只有独处才能让我得到心灵的休息。于是我开始寻找很多独处的方式，大段的时间就用来画画、写文字，片刻的时间就用来浇花、揉面团，我发现沉到一个人的世界里能让我安宁和快乐。相比做一个好妈妈，对我来说更重要的是做一个快乐的妈妈，而且不是等着别人来让自己快乐，是自己要先让自己快乐起来。

孩子的出生有没有改变你们对死亡的态度？

宁远　一方面更珍惜身体珍惜活着了，另一方面对死亡的恐惧也减轻了不少。

菲朵　出生就像是一个启示，但你不经历它，就永远是纸上谈兵。这个世界每天都有无数的人出生，同时有无数的人死去。我还记得幼时的自己，只要想到生命是会消失的，无论那是植物、动物，还是一个人，总是忍不住哭泣。那些睡不着的暗夜，用被子把头蒙起来，躲在里面默默掉眼泪，那种悲伤来得特别抽象。当我目睹了出生，怀抱着一个真实不虚的生命，反倒更能接受死亡这个事实了。

Yoli　我小的时候倒是没有恐惧过死亡，反而是生了孩子以后有一段日子特别害怕自己生病，特别害怕自己出事。一读到那些母亲早逝的故事，或者看到类似的情节，就会哭得不行。这种悲伤真是非常非常具体，马上可以代入到自己身上。但是随着老大的长大，看到他显现出独立面对自己生命的信心，我的担忧就转化为一种祝福。现在看着第二个孩子，就完全没有当时那种面对死亡的恐惧了。

你们在孩子身上会看到自己的影子吗？那种感觉是怎样的？

宁远　我有三个孩子，他们非常不一样，生命真奇妙，都是我生的呢，差别却那么大。老大乖巧，善解人意，喜欢做安静的事；

老二天马行空，顽皮，有主见；老三憨憨的，好像对啥都特别满意，有一种积极的放松。

虽然三个孩子很不一样，但他们这一代有一个共性，就是对自我和世界的接纳。我们的孩子，他们的生命状态显然比我们更自由更舒展，这真是太好了。

我想讲一件我孩子的事情，有一次我给大女儿做了一条裙子，她穿上，我们一起出了家门。早上出太阳了，太阳照在她的衣服和身上，她就抬起头来跟我说："妈妈，太阳照在我身上了，太阳看到我了，这就表示太阳觉得我很美。"我觉得很好玩，问她："是这样吗？那如果太阳被乌云遮住了，是不是就表示太阳觉得你不美了？"她说："不是呀，不是这样的。"我说："那是怎么的呀？"她说："如果太阳被乌云遮住了，那表示乌云觉得我很美呀。"

当时我就被惊讶到了，因为这是我的思维方式里没有的东西。你看她对自我的接纳，对世界的相信，完全不需要我的成长里那么多挣扎的过程。我回想我的成长，我能活到今天，活成这个样子，有多么不容易。真庆幸他们不需要这个过程。

菲朵　我有一个古灵精怪的八岁小男孩，他的样子算是很好看，集合了我和他爸爸的优点，语言表达能力也非常强。最近总有朋友说，我长得和他越来越像了……这句话没毛病。我想，是因为在没有生孩子之前，从外表看我比较文静内向。有了孩子以后，尤其又是个男孩，在我与他的互动里，反而是他改变了我很多，开启了我很多新的面向。此前，我没有想到自己也有活泼、好动和有趣

的一面。

他在七岁以前和我的互动比较多，七岁以后开始黏爸爸，几乎所有的游戏都要求爸爸陪伴。让我欣慰的是，自从他们越来越亲密，那种属于男孩子的状态就慢慢出来了。双子座的男孩嘴特别甜，他会拍拍我的肩膀，安慰我说："妈妈，我还是爱你的，但是和爸爸玩儿比较有意思。"还有些时候，他会逗我："小女孩，你要注意安全，不要每天迷迷糊糊的……"

这个孩子也带给我很多考验。在我四十年的生命里，我一直很叛逆，也很独立，好像没什么事情是我搞不定的，但唯独他。这孩子有强烈的个人意志，对自己的好恶非常明确。上了小学以后，我常常不知道该拿他怎么办，他是我生命中很重要的功课。

Yoli　我有两个男孩，两个孩子有很多相像的地方，语言能力都很强，很擅长表达，但是又很不同。老大是很擅长表达思考，很擅长梳理和分析；老二是很擅长表达感受，很擅长撒娇。我在他们身上看到很多很原始、很本真的东西，就像跟小时候的自己相认一样，有了很多释怀的部分。比如我非常害羞，而且因为害羞我自己害羞这件事，我往往会用冷漠甚至生气这样的方式去表达。过去我总是很想纠正自己，对自己这样是不认可的。

但是我发现两个孩子都是如此，老大其实很害羞，但跟我一样会装酷，老二则会说"我很害羞啦"。看到老大的表现，我意识到，如果这是我们与生俱来的特性，那就接受它好了，不必和它对抗。但是老二的表现让我有一种豁然开阔的感觉，原来还可以试着更坦诚地面对它，如实地表达自己是一件不可怕的事。所以我常常有一种被孩子启发和开悟的感觉，他们让我看到那个更原本的我，也让我看到生命有许多不同的可能性。

对了，像这样不跟孩子在一起的时候，你们想起孩子是什么感觉？

菲朵　一想到他的小脸就特别开心。八年来，我从来不会因为想念他而变得忧郁。我喜欢这样的情感在生命里扎根，完全乐观，没有依赖，没有丝毫的不安全感。我此后应该不会再生育，所以他是如此珍贵。每当我想到他，没有其他情绪，只剩下嘴角上扬的微笑。

Yoli　不跟孩子在一起的时候，我都会格外珍惜，不敢浪费，专注在自己一个人的时间里，有时会进入到忘记自己是个妈的状态里。在一起的日子要闪光，不在一起的日子也要闪着光，这才是爱带来的底气吧。

宁远　是的，如春风拂面，禁不住嘴角上扬。我发现了，在这一点上我们都一样：这些天我们三个妈妈在一起工作生活，每一位都比较少和家里的孩子通话或者视频。放松地爱，这太好了。

借着孩子的力量，让自己重新长一回

Yoli

生孩子一定是我人生中非常重要的转折点。孩子从我的身体里诞生，就像从内部击碎了一枚蛋壳，打破了我原本貌似光洁平整的一切。好像有一个我，跟随着我的孩子从这个裂缝里生了出来，她在那里提醒着我痛，质问着我。

孕育，生产，就像是一个醒来的仪式。我对我的身体、我的心，有了前所未有的感受，我才发现我一直在这副身躯里坐牢，我被困在这里，我一直在漠视我的感受，漠视我是谁。过去我依借着身处的周遭对一个女人的要求去活着，顺从地接受那些人群中暗暗传达的旨意，接受人们对一个女人的定义，女人就应该是听话的、不打破规则的、不惹麻烦的、为所有人考虑的。大家都这么说，大家都这么做，没有什么不妥。我曾经以为，我所要的就是人们所说的那一切，我的快乐就是让别人觉得我快乐，我的幸福就是让别人觉得我幸福。我默认了这是我的人生，我默认了所有的这些要求，我尽力那么去做，我尽我的全力去那么活，并做得好。

所有人都可以对一个女人提出要求，而当一个女人成为母亲，这些要求终于会把她挤压到墙角。因为"你都是一个当妈的人了"，所以说什么你都应该听，都是为孩子好；所以再也不能任性，要平衡一切，给孩子安宁与幸福，同时不要生发自己的情绪；所以不能只想着自己，要以孩子为重，凡事多迁就忍让。

　　当我看着我的孩子，我意识到一切都不对。或者说，我是知道一切都不对的，但我不敢为自己做些什么。可孩子，孩子对我来说，超越了所有人，超越了这个世界，为了我的孩子，我第一次有了和世界对抗的勇气。

　　过去我觉得我不那么重要，可当我意识到我是孩子在这世间的第一道屏障、第一缕光，我就再也不能容忍自己没有觉知，没有力量，没有方向。我再也不要为这个世界需要什么样的女人而活，我要为我的孩子需要什么样的母亲而活，至少这是一个起点，它提醒我需要什么样的自己，它让我有勇气审视我的人生，有勇气打破和重建我的生活。

　　女人的身份再也不是我的牢笼，而是我的翅膀。我必须为她做些什么，我已经醒过来了，我就再也无法回去，我再也不能去过那混沌而无觉的生活。

　　在我的孩子刚刚出生的那段日子，我时常忍不住静静地看着他一个小时、两个小时，从看着他睡着，直到看着他醒来，任由时间从他沉睡的睫毛下流过。就像我小时候常静静地凝望一棵树、一朵花，一个新生的生命在提醒我，一个尚未固化的生命原来是什么样子，一个自然而然的生命原来是什么样子，这时常让我内心升起

"啊，人原来是这样"的感觉。

所以恰恰相反，作为一个母亲，不是我去告诉孩子"做一个人你应该要怎样"，而是我的孩子在不断地告诉我，"看，一个人原本是怎样"。

在不知道怎么前行的时候，回想自己为何出发是很有必要的。作为一个人，应该时时想想我们原本是什么样子，那是对我们迈出每一步最好的指引。如果我要对我的人生做出一些改变，如果我想要活得更像一个人，那么我需要知道人原本是什么样子。

对于我的孩子来说，在他们的人生旅途之中，我可以给他们一个永远都能归来的怀抱。而对于我来说，我的孩子们向我昭示了我的来处，那也是一个我永远可以归去的心安之所。

对一个小孩温柔，其实是献给自己的温柔

宁远

1

感冒了，头晕，打喷嚏，嗓子痛。

偏偏姐姐们的学校一整天活动，陪她们包饺子、做游戏，中途回家喂奶，又带着披萨去学校接她们，回家路上两只脚有点不听使唤了，像高高低低踩在松软的云朵上。

但看见两个小姑娘一脸兴奋，叽叽喳喳说个不停，心里还是高兴，想起昨天她们商量好了走到妈妈面前，很认真地说："快给小披萨装上假牙吧，这样他就可以和我们一起吃饭啦。"

这么好玩的孩子们哪，我生的。

2

晚上姐姐和妹妹因为一点小事闹矛盾，后来发展到争着要和妈妈睡（以此表达占有），先是哭再是闹，最后差点打起来。

好不容易平息风波，一边躺一个睡着后，我轻手轻脚从中间被窝里爬起来，打开电脑（还有一堆工作要处理），这时候听到隔壁房间传来弟弟的咳嗽声……

"我为什么总要做很多事呢？带孩子已经很累了。此刻有点想不明白。其实我是一个最能享受一个人待着无所事事的人啊。"没忍住在朋友圈感叹了一下。

"因为相比带孩子，做其他任何事都是休息。"一位朋友回复。

3

妹妹昨天问我，妈妈，为所欲为是什么意思呀？我说，就是想干吗就干吗。她说，哎呀，我最喜欢的就是为所欲为。好想告诉她，妈妈也是。

有些事是想不明白的，怎么就是三个娃儿的妈了呢？

可是这辈子就没有几件事情是想明白了才去做的嘛。做什么事都不容易吧，承认自己会累会烦，并不是又弱又不体面。

过度运用意志力，反而会带来内心暴力。

4

有时候抱着小披萨可以一动不动看着他，看上半小时，看不够，养两个姐姐的时候也是这样。

人类所有的表达方式里，小披萨才只学会了哭，至多再加上哭之前的挣扎。那么弱小，惹人怜惜。

小披萨睁开眼不哭的时候也会看着我，其实只是脸朝向我吧。

他的目光聚焦在某个空处，科学的说法是婴儿的视力还没有发育好，看不清十厘米以外的东西。

但是啊，小婴儿的眼神总让我诧异，偶尔，我会觉得他像个垂暮之年的老人。那种对空处的长久凝视，是拥有一个古老灵魂才配得上的眼神，就像还带着他前世的人生。

真有前世吗？

5

在送小练去学馆的车上，和她一起听《岁月》，听到一半，她说，妈妈，我觉得那英的声音很像你。我说，可是我更喜欢王菲呀。她说，嗯，那英的声音很明亮，王菲的是……是柔润。不一样，都喜欢。

有点小吃惊，这个九岁小姑娘说"柔润"。第一次听人把这两个字组合在一起，好像又本来就有。

我问她："你想听她们二十年前的歌吗？"

"想。"

车里在播放《相约1998》，"来吧来吧，相约九八，相约在温柔的春风里……"突然有些恍惚，抬起头叹一口气，二十年前，我才十八岁。

"妈妈你怎么了？"

"没什么，还想听王菲的女儿窦靖童唱的歌吗？"

"想。"

搜到窦靖童的 *May Rain*，三首歌轮番播放。

"都好听，不过我最喜欢的还是窦靖童。"

8点50分，我们停好车往学馆走，春夏之交，她穿一条裙子露出小腿。走了一会儿，她低头看了看，抬头说："妈妈，我不开心，腿上的汗毛太多了。"

"我觉得很好看啊。"

她还是坚持说不好看，并说全班女生就她一个人汗毛最多，腿还粗。我说，总没有外国人多嘛。她说，但我是中国人。

走到校门口的时候，她突然停了下来，解下捆头发的橡皮筋，摆摆头，又黑又多的头发披在肩上。

"这下好了，他们都会看我的头发，就没人注意腿上的汗毛了。"

她背打得直直的，姜黄色衬衣扎在黑色百褶裙里，说声"再见"便头也不回走进校园了。

我赶紧掏出手机对着她的方向，在这温柔的春风里，记下这个平常而珍贵的早晨。

6

某一天回家时，路边树林里蹿出一只灰色小猫，天这么冷呢，喵呜的声音让人心疼。它看我，眼睛发亮，像含着一滴随时可能掉下来的眼泪。俯身摸它，也不跑，流连了一会儿才慢慢往相反的方向走了。目送一只小猫消失在雨夜路的尽头，心就柔软起来。

进房间，孩子们都睡了，均匀的呼吸传过来，想路上那只小猫，心里欠着。俯下身去亲吻每一个孩子，给他们盖被子，看着他们安静的脸庞发呆。

七

信仰

因为相信，所以看见

主持人：Yoli
时间：2018 年 9 月 10 日
地点：大理 行走于洱海边

　　我们应该有所相信，所以在确定这本书的对谈主题时，我们都认为也应该谈谈"信"。你可以说它是信念、信仰，或者信心，但不管如何定义，我始终认为"信"是生命的底层逻辑，是支撑我们生活运转、行事待人的核心支柱。我们今天看见的自己，其实是由我们的"信"一路引领来的。一个人说什么话，做什么事，其实都有他的"信"或"不信"做依据。相比一个人说出的话、做出的事，我更喜欢穿过这些，看见一个人在相信什么。

　　世间有两种相信的模式：一种是因为我看见了，所以我相信；一种是因为我相信，所以我看见了。其实我们每个人都在一座孤独的监牢里，这个监牢的边界就是我们的视野。如果我们永远只能站在自己所看见的、自己所经历的、自己所能理解的范围内看问题，那么我们的监牢永远就这么大了。相比于这种"所见即所是"，我更欣赏后一种模式。"信而后见"，不以自己见到的一方天地，作为整个世界的图景。相信生命的未知永远大于已知，现实中的未见永远大于已见。

一个人自以为看得够多，自以为自己看见的、经历的就是这个世界的全部，那么他会说"这个世界不过如此而已"。说这种话好像显得见多识广，很是成熟。但是我觉得，真正的成熟是历尽千帆，能够意识到自己的局限，能够意识到在自己的已知范围外，还有一个更大的存在。

人在天地中走着，常常会有一种忘却自己的美妙。那些原本觉得繁复庞大的事，在风中变得渺小；那些原本觉得不可承受之重，在光影里如烟消散。当我凝望一朵花的时候，我常常感到某种深刻的神秘性蕴含在其中。我并不是试图描绘一朵花，绘画是我唯一能找到的表达我虔诚和敬畏的方式，我是用我的眼、我的手、我的心来膜拜它。在此间不可言的感动，让我珍爱我在人间的一切。

对这份辽远的未知的相信，就像我生命中的北极星，它是为了指引我不在人生丛林中迷失方向，而不是用来抵达的。这使得我对我的生命获得了一种谅解——不管我经历了什么，即使我没有拥有和获得，我所经受的只是非常有限的生命。这份对不可知、不可见的存在的相信，让我可以释怀我所见所受的所有不美好。

Yoli　你们有什么信仰的宗教吗？

宁远　我没有具体、明确的宗教信仰。但也不是一个唯物论者，相信有不可知的存在，相信有科学到达不了的地方。

菲朵　我没有宗教信仰，但一直和宗教很亲近。我一去再去的旅行地都是有宗教信仰的国家，我也喜欢看关于宗教的书。如果有空，我也会去寺庙做义工。

Yoli 菲朵没有宗教信仰，那你去寺庙做义工是一种什么状态呢？

菲朵 最初是因为喜欢寺庙的环境和气氛，人在里面待着能得到很好的休息。在寺庙里，我看到里面的僧侣或比丘尼认真地诵经、坐禅、煮茶、照顾花草、烹制食物，他们的一举一动都能带给我很多启发。除了宗教知识，寺庙里的生活细节都是一种带着觉知的修行，这些其实是对普通人触动最大的部分。比如，说话要轻声细语；桌椅板凳要用双手搬，而不是拖来拖去；吃斋饭需要排队，不浪费食物；不因为自己的私欲杀害动物；随时说谢谢……

我们常常说人的一举一动都要带着觉知，但其中这些觉知是需要学习并反复练习的。从这个角度上说，寺庙和学校有很多共同之处，也担负着相同的使命。我认识的一些义工，有些是艺术家，有些是建筑师，还有学校里的学生。他们在寺庙里工作，都抱着一个相同的目的，就是希望把一件好事，好上加好。这些传递下来的利他意识给我很多触动，因此我希望加入他们。

宁远 我的孩子们读书的学校是一所有基督教背景的学校，学校的教师百分之九十都是基督徒，这也是我选择这所学校的原因。学校里的老师们谦和温柔有耐心，对孩子有真正的爱，对自己从事的工作也特别有认同感，不仅仅是为了养家糊口。也许他们认为自己做的一切都是在"荣耀上帝"。

我也带着孩子们去寺庙，他们喜欢排队领得一餐素食，怀着郑重的心情把一碗饭吃完。这个过程中，孩子的内心一定会受到触动，否则他们不会那么郑重，这时候你就会感觉到宗教的力量。

Yoli　一件事做到足够好的时候，这件事就会产生它自己的意志，会带动很多人。所以我们可以看到我们去过的一些寺庙，现在越来越被很多人关注，也有更多的人去，从利他意识来说，能让好的思想和精神影响越来越多的人当然更好。可这些清修之地有很多人去，也有很多人对此是有抵触情绪的，那么这中间就有个矛盾，你们怎么看待这个矛盾？

菲朵　这是一个很好的问题，也是很多人的困惑。作为一个普通人，我对宗教礼仪和知识并不了解，但相信宗教是为了减轻大众疾苦而存在的，被更多的人接受肯定是一件好事。我最初也有这个困惑，每当看到一处美丽清幽的好地方，就不想它被太多人知道。准确地说，我不相信别人能懂得它的好，并且和我一样珍惜它。后来，我慢慢明白这是潜意识里的自私，也可以说那时候的自己正处于完全利己的状态。很多寺庙在被越来越多的人接受以后，也需要在热闹中优化自身，所有的人事都在共同成长，一切都是在流动的。如今的我，除了自己去体验，也希望做一些力所能及的小事，去利益他人。

Yoli 确实有很多美丽清幽的地方，因为有很多人去而出现了过多的垃圾，甚至受到一些破坏。从艺术的视角来看，悲剧带给人更多的触动和反思，美好的撕裂和破坏的过程往往会唤醒人心灵深处的很多东西。有时往往是在美消失和毁灭的悲伤里，人们心中的善被唤醒了。

菲朵 确实，人越多就会看到越多的劣根性。在自然风景区、世界遗迹、博物馆、寺庙等地方，都可能会见到类似的情况。也正是因为这样，人们需要更多的学习。需要做的是改变管理方式，而不是避免人群的出现。

更多力量的加入，会让一件好事变得更好，一处地方更美，一个空间更舒适。这期间会有混乱的过程也是正常的。就好像我们在家里大扫除，刚刚开始的时候，整个家里会比没有开始的时候还要杂乱，但那是一段过程，最终会越来越规整。我说了这么多寺庙，其实和人们平时所说的宗教又不太一样，更不是神灵或个人的崇拜。我所感兴趣的，是以宗教的方式去生活，这里面也蕴含着一些朴素的审美标准。你刚才提到"信仰"这个词，我想，我自己的信仰就是审美。

Yoli 其实，宗教对普通人来说，也许没有那么多形而上的意义，更多的是一种美的教育。让我们对习以为常的生活现实有不一样的觉知，就像菲朵一开始说的那样，给自己的生活带来一种触动。寺庙和学校都有一种给人的心灵点灯的意象，审美，或者说美的教

育，是这盏灯上很重要的燃料。美的教育非常重要，我们时常在讲一个人要有爱，要有善，但这些品质都是先要从美这个根基里生长出来的——如果一个人能意识到他的生命是美的，那么他就不会允许自己去做不美的事，生出幽暗的心思；如果一个人能感受到世界是美的，那么他就不会不珍惜在人间的生活。

菲朵　审美包括外在的和内在的，是从自己生命里生长出来的东西，它不是一种潮流产物。每个人都有一个标准来辅助自己在这个世界生存下去。这个标准决定了你的生活方式、待人接物、思维体系、穿衣打扮……比如说，一个满嘴吐脏话的妇女，你无法相信她是善良的；一个喜欢抢座位的老人，你无法相信对方是宽容的；一个爱说谎的人很难有诚信；一个肥胖的人自律性就会差一些……对我来说，这些现象都与审美有关，是一种自己制定的生活标准。

宁远　我们现在的教育，最大的问题就是忽视了审美。说起来我们三位都从事着与美相关的工作，但我不能确定我的信仰就是美。

Yoli　上次菲朵拍我，天地很大，树很小，我也很小，我很喜欢那张照片。你在冰岛也拍了很多天地之间小小的房子，在这种构图里，我感到一种充满敬畏的感受——天地之中，我们只是小小的。每个人都安于自身，同时不侵扰这个世界。

菲朵　也许这是属于我的乡愁吧。人是需要有信仰的，不管是宗教、艺术，还是大自然，又或者是政治，我觉得在本质上没有太大区别，都是一种方向和归属。

Yoli　嗯，或者说，人是要有所信的。不管形式是什么，我们需要在自己的精神里建立一个支点，去深信，去支撑我们的现实生活。可以感觉到我们每个人内在都有一种深深的相信，你相信什么？

菲朵　我相信善。

宁远　我对跟佛教相关的书也很有兴趣，《西藏生死书》和《僧侣与哲学家》都特别喜欢。仔细想想，我所接触的这些内容，叫"佛学"应该比"佛教"更准确。看这些佛学的书其实感觉有点像在看"心灵科学"。

Yoli　其实就是一种生命本能的求知欲。我想知道关于生命的奥秘，想探清困苦背后的真相，想追索自我意识的起点。我为何会不自觉地流泪，我为何会被某些东西深深吸引和触动，我为何会为了某些东西忘乎所以，我为何宁可头破血流也要执着地坚持一些东西。

菲朵　对，我愿意亲近的也是其中的知识体系，而不是某种个人崇拜。从这个角度上讲，不同宗教所指向的其实是同一种东西。

宁远　我没有具体的宗教信仰，可是呢，撇开具体的宗教，我一定还是相信了什么的。就在跟你们谈话前的今天早晨，我出门跑步，抬头看见白雪覆盖的苍山，山尖被温柔的云朵像棉被一样包裹。远处是水域，除了一群野鸭在聚会，发出类似于人类关于天气的感叹（我乱以为的），再没有任何声音传来。近处是初春的田野，枯草还长在路边，在风里发出干裂的响声，而地里的大葱已开出白花，香菜和茼蒿绿得发亮，不远处的杨柳正在抽芽，新与旧的交替中，衰败与生机共存。

有农民在地里劳作。路过一对低头拔草的夫妻，女人抬头看我，阳光照在她红得发亮的脸上，额头有金色的汗珠滑落。她眯着眼向我浅笑，这样一个春天的早晨，这来自陌生人的善意，使我被触动得不知如何是好。我回她以笑容，继续迎着朝阳往前跑，奔跑中感觉自己眼角微热。

这个春天的早晨，触动我的应该不只是这位妻子微笑着的健康的脸，也不只这天地间无可言说的美，应该还有我相信的什么吧，但我说不清楚那是什么。

Yoli　我也有类似这样的感触，最近一次在埃及，看见漫天夕阳，整个天幕红彤彤的，看见无边无际的大海，澄澈明净，我忍不住会流下眼泪。我在天地之中总能感受到一种"爱"的存在，会觉得自己被一种看不见的存在深爱着。同时在自然之中，常常会感到万物之中蕴含着某种神性。尤其是认真地去看一朵花、一棵树的时候，会由衷感叹不知是谁创造了它们。

但即便如此，我依然不会臣服于任何的宗教。因为我不想透过某个透镜去感受我所感知到的，我想直接感知它。所以，艺术是个好方式，在我看来，一切真诚的艺术都是对这种神性的致敬。

菲朵　宗教不过是无数信仰中的一种。无论是美、善、爱，它们或许都是盲目的渴望与幻觉，都是自己给自己的鼓励，都是自己给自己的加持，不是通过他人他物投射出来。所谓"信仰"，是宁愿错误而爱着，也不愿心存怀疑而无爱。从人们内心来说，这种相信，是真实不虚的。

宁远　是的。对于信徒来说，一切都是真实不欺的，不是幻觉。

Yoli　"假作真时真亦假"，谁又能确定什么是真实，什么是虚幻呢？就像庄周梦蝶，到底是我在梦里成了蝴蝶，还是蝴蝶在梦里成了我？所以相比信仰，我更喜欢说相信，我相信那些超越已知范围的东西，哪怕因为不可见不可知，这一切看起来很虚幻。

宁远　我很难完全进入某种具体的宗教，一个重要的原因是：对很多事物会有本能的怀疑。做不到臣服。

Yoli　说说你本能的怀疑。

宁远　对世间一切狂热有本能的怀疑，对过度的迷恋有本能的怀疑，对群体意识有本能的怀疑。

Yoli 嗯，不假思索的接受不是真的接受，不经怀疑的相信也不是真的相信。但是人的困惑很多时候是来源于现实与理想的比照，或者是自我内部的矛盾。比如，有人曾经问我，好人一定有好报吗？她觉得人应该向善，也应该不去伤害他人，可是总有一些人，用一些不正当的方式去获得，而一些坚守原则的人可能会被逼到角落。所以人难免一边相信，一边又不得不去做一些自己都瞧不起自己的事。而且很多时候，一个人所讲的、信奉的，和他的行为是不一致的、不统合的，也会造成很多分裂。这让很多人不知道自己到底该相信些什么。

菲朵 好人有好报，这是一个人间的伪命题。每个人接受自己的选择，并且承担全部的责任。付出善意和努力，本来就是一件对自己有营养的事。如果有回报就欣然接受，如果没有，至少对得起自己的初心。一旦患得患失，这个游戏就不好玩儿了。

Yoli 是的，不是出于要得到好运气，所以去膜拜；不是出于要得到好的结果，所以去付出；不是出于要得到好的命运，所以去相信。这才是对生命的虔诚。

菲朵 哪怕是自身所相信的幻觉，也应该是深信不疑。如果患得患失、瞻前顾后，应该就不算是一个虔诚的信徒吧。

宁远 所谓"好人有好报"，说到底还是一种交换。我小时候爸爸常对我说，要做一个对社会有用的人，吃亏是福。这句话给了我很大的影响，毫不谦虚地说，我一直在往这个方向努力。当我做出一些事情，对他人有帮助的时候，我很幸福。

Yoli 吃亏是福。嘿，这也是我爸总跟我说的一句话。

宁远 爸爸们的父辈可能跟他们也这么说过。

Yoli 但我后来对这句话会有一些延伸的理解，至少我不会把这句话直接地传递给我的孩子，就好像挫折教育，很多道理在运用中极度化了以后，反而又会带来一些问题。在有些时候，人还是要勇于捍卫自己。

宁远 哈！我和你想的恰恰不一样。我的孩子们，他们的自我意识都很强，都很懂得捍卫自己，我一点儿也不担心他们会吃亏。

Yoli 倒不是担心他们吃亏，我是觉得他们会比我做得更好，我在他们身上看到了更宽广和更舒展的可能性。

菲朵 我们的孩子，在大约十几年之后，在精神和身体上将会经历与我们不同的问题和痛苦，也会生出新的信仰，那是他们需要去体验的。孩子们需要回家的时候，门永远开着就够了。

Yoli　最后一个问题。回想自己的人生，有没有一个特别的时刻，会让你感受到一种神性的力量，让你对生命充满敬意，会感受到还要继续去坚持、继续去相信？

菲朵　每次看到日出，感受到一天当中最新鲜的空气，最干净的颜色，会生出一种被鼓舞着的力量。当然，与一个人相爱的时候，也会有类似的感觉。

宁远　我的每一个孩子经由我的身体来到世间，他们和我的第一次眼神交汇，我会强烈感觉到并相信小婴儿拥有一颗古老的灵魂。那种感觉，除了"神性的力量"，我不知道还有什么别的词可以表达。

Yoli　和菲朵相反，我迷恋日落。每当看见夕阳和凝视一朵花的时候，我会相信有一对无形的眼，有一双无形的手，有一颗无形的心。

每个人都要活出自己的信仰

Yoli

　　我小时候生活的家，在我十五岁的时候被改造成了一座寺庙。据说在我父母想要出让这块土地的时候，道士和僧人都看中了它，但因为我外婆信佛，最终它成了一座小小的寺庙。

　　在我还很小的时候，我外婆就会带我去见一些师父。人们总是会因为相同的趋向而聚集在一起成为一个群落，对于我外婆这个群落来说，她们会觉得她们和那些没有信仰宗教的人是不一样的。当我坐在其间，这些老人会特别跟我讲述如果足够虔诚就会发生的一些神奇的事情。也许她们觉得这些话题不会让我觉得无聊，但是相比她们特意跟我说的话，我更喜欢听她们相互之间不在意我的存在时自然流露的交谈。

　　因为我感到她们的交谈比那些神奇的事件有着更多的昭示，也许她们会使用一些不同的词，说一些不同的事，但和我母亲与邻里拉的家常并没有实质上的不同。我指的是，关于人的受困。即使身处不同的群体和身份，人们都同样花着许多精力，猜他人的心思，

197

彼此之间暗暗较量，感叹命运不公和自身不幸。我并没有感到，人们的内里真正获得了某种有效的力量。

我们总是寄希望于别的某处，寄希望谁来指引我们，寄希望于有一条现成的路，让我们得以在现实中穿行，抵达彼岸。但一个精神上懒惰的人，很难通过依附于一个强大的精神之柱，去真正地消除自身的彷徨无助和迷惘困苦。

是的，最重要的不是这个精神之柱是否强大，而在于依附本身就是一个根本性的问题。我们每个人身上都有一种远比我们想象的还要强大、具有惯性的懒惰力量。我们会因为一个人来自于某处地方而简单地判定他的习惯。我们会因为一个人的爱好而简单地认为我们了解他的个性。我们会因为一个人信仰什么而简单地认为他和我们相同或是不相同。我们会因为在这个世间活了二十或三十年而简单地以为我们对这个世界足够了解。

而一个人和这个世界，远比我们想象和认识的还要丰富和深远。我们对真正的感受和看见一个人没有耐性，就如同我们对待自己缺乏耐心一样。如果我们不改变这种思维上的惰性，不经常擦拭我们心灵上的尘埃，那么不论我们身处哪里、做着什么、信奉什么，都不过是转换了形式的原地打转。

我对一切宗教都怀抱着敬畏与怀疑，这正是我不轻易投入其中的原因。一个未形成独立思考的脆弱灵魂只会盲目跟随，盲目跟随并不是真正的敬意。

寄希望于一个完人、一个神，你说什么我就听从什么，你说做什么我就做什么，这不是虔诚，这是懒惰，也是推卸责任。如果我们的生命始终不知理想何在，那我们如何塑造神像，就会如何摧毁神像。

我不刻意进入任何的宗教体系，但也不排斥接触任何的宗教思想。不同的宗教提供给世人不同的认知世界和诠释世界的精神坐标体系，这些不同的坐标体系可以带给我们更多元的角度和更丰富的思考。宗教之间的不同，其实只是从不同的角度在攀登高峰，有的是从山的东面出发，有的是从山的西面，但我相信人们最终都渴望走向同一处山顶，虽然在路途之中有时候看起来南辕北辙。

这就是为什么我常常感叹语言与文字的描述精准，但又更会感到语言和文字的局限。我们如何可以自以为，我们能够通过创造的有限的表达，去传达无垠的世间真理呢?

当一个人感受的一百，能通过自己的头脑梳理明晰八十，通过文字和语言传达六十，这已经算是理想状态。而即使如此理想，能被人有效聆听并转化的，能有四十就不错了。我们应该时常有这样的感受，能把自己感觉到的想清楚明白并不容易，而想清楚后能讲清楚更不容易，讲清楚还能被对方接收，是十足不易。

传达的人和聆听的人必须同样厉害。

一个感受不发达的人，一个对自我缺乏觉察的人，一个不经独立思考、从来不像锻炼肉身一样锻炼自己的精神世界的人，仅仅指望从他处获得，你说我听、你指我做，是无法拯救自己的人生的。

我们得找到自己登山的路。

即使这个世间已经有了许多的路，但是没有一条路是现成的你的路，和我的路。

如果我们聆听足够多的人，看见足够多的生命状态，我们会发现，一个人很难从别人的人生里简单搬过来什么有效的东西。如果你不去经历、融入和臣服于你的经历，并从你的经历里去深切地思考、反思、认识自身，那么其他一切行为不过是安慰剂和麻醉剂似的表皮功夫。

　　如果我们从不在我们的灵魂上下功夫，不去建立属于自己的坚实的精神坐标体系，只是简单依附于另一个强大的精神世界，那未必是件好事，我们的自我有可能丧失得更快。

　　所以，不论是物质世界还是精神世界，其实都没有捷径可走。

　　最有效的方式不是直接从别的地方搬取，不是透过完美的投射来等待救赎，而是面向自我。在自己的生命中深耕细作，从自己的感受中去承认与获得，通过一种共振的方式去获得智慧。用我们的生命尽可能无限地趋近于百分之百的感受，去共振另一个生命的趋近于百分之百的感受。

　　我们在世间做的每一件事、每一个选择，就像针线一样，应该缝合我们的身体和灵魂，让身心趋于同步，而不是割裂它们，使它们之间越来越陌生和遥远。

　　我深信这个世间存在着某种神圣的永恒，尤其当我身处在自然之中，我可以感受到我的心，在那里面，什么都没有，无所求，也不畏惧。当面对着一尊人造神像的时候，我们有可能依然有所企图和祈求，但当我们面向天空、大地、海洋，面对那些永恒无垠的存在，面对着自然之中蕴含的某种神性的时候，我们会感到在某一刻似乎忘记了自己，忘记了自己的要求、欲望和目的。

这就是我们走在别人走出来的现成的登山之路上，和我们真正地身处那座真理之山上的区别。

不要用别人的感受取代我们的感受，不要用别人的思想取代我们的思想。不要用别人的精神坐标体系，去套用我们的生命。

我们每个人都要活出自己的信仰，走在自己的路上。

松弛地，保持怀疑

菲朵

频繁的旅行和出差令我感到疲倦。皮肤对我提出抗议，它用过敏症来表达对暴晒、大风、长途飞行、睡眠不足的不满。每当这种时候，我就喜欢去苍山上的寂照庵休息几天。才入冬，大理的天空已经蓝得不像话了，天气越冷反而越发觉得阳光温暖，这里的云是我见到过的最美好、最特别的云，细长的白云有时候横跨整个蓝天，飞跃出一种孩子般的童真感。

或许是因为身心都在红尘，背负了很多责任、欲望、迷茫，还有很多很多的凡人之罪，在寺庙里的时光仿佛是一片留白，行动少了，语言少了，欢愉和烦恼也都少了。尤其是不需要时时刻刻维护一段人际关系，无论是社会关系、同事关系、家庭关系、伴侣关系，你会发现，越简单的关系越令人愉悦。站在寺庙的高处能俯瞰到洱海东岸，再往高处走就得以避开熙熙攘攘的香客，待到黄昏天色渐暗时，就彻底与山下的人间隔了一个时空出来。

把门关上，在关了灯的房间里昏睡。

做了一个短梦。我一个人站在湿漉漉的甲板上，天空飘起雪，海面上有大鱼飞跃，那是北极，我去过很多次但始终魂牵梦萦的地方。这是一个梦，但是我在梦中体验到与自然的关系，体验到自由、冷和孤寂，这种感觉与我站在极地大雪中的感觉完全一样。醒过来站在窗前喝水，想起世间的很多事情，除了体验其实也没什么意义。

醒来天已微亮，听到清晨6点的敲钟声，知道尼师们已做完早课，此刻正在吃早点、喂鱼、打扫院落。我也还了魂，疲倦褪去，神清明朗。在寺庙里会比平时更注意自己的言行，尽量不说话，小心对待房间里所有的物品，因为知道每一件物品都是经由很多人的劳作而来，它们充满了建造者的情感，也有主人寄予的心意。使用过的房间，离开时要恢复原样，整整齐齐，干干净净。来清理房间的工作人员，内心必然会感到愉悦，因为她能感受到自己被尊重。宗教于我的意义，没有前世今生，没有某个特定的诉求，仅仅是时时刻刻提醒我做一个端正合宜的人。

9月，某个下着大雨的清晨，在挪威海见到一只海豹。它的眼神深深印在了我心里，那是一种聪明而单纯的眼神，是一种完全信任的眼神，它将自己的命运笃定地交付给大海，就像信徒将自己的命运交付给了宗教。

在那么多种不同体系的宗教方法和理论里，不管到底哪个高，哪个低，无论是谁说了什么，神、耶稣、佛祖、上帝……好吧，都没关系，我曾经在一段经历痛苦的灰暗时期，找来很多相关的书籍，如饥似渴地翻看了不同宗教的教导。有意思的地方在于，不管是哪个体系我都觉得很有道理，每当我转个身再去接受其他观点的教导，又会觉得同样很有说服力。

有很多时候，新事物和旧事物、痛苦和快乐、希望和绝望、信任和怀疑会奇妙地交织在一起。我有时身在天堂，有时身在地狱，更多的时候同时身处这两个地方。所有的宗教都在传递真理，然而我并没有经历过，除了生搬硬套和洗耳恭听，我不知道该如何把理论用于自己的生活，并让宗教在我的生命中发挥作用。我怎能这么轻易就接受了所有的说法？我怎么都没想到要质疑？什么样的质疑是健康的质疑？如何把宗教理念变成我自己的，最终给自己一个希望？

宗教是好的，但如果不假思索就确认，一样会带来新的问题。比如一位二十岁的年轻人，当他无法准确地理解"和平""无常""无为""出离"这些词汇时，宗教是否会带来一定程度的消极，甚至成为推卸责任的工具？我背负着这些问题走了很多年。

人们往往认为世间的冲突在于善恶之间，我想这里面存在一些误解。冲突总是产生在人与人所信奉的不同信仰之间，不论是家庭还是民族。一旦你持有某种信仰，就很容易与和你持不同信仰的人发生冲突。这样的例子，我们随时随地都能够看见。

我努力想要传达这份善意的怀疑论，目的并不是为了质疑宗教和灵性。恰恰相反，我始终认为人需要找到一份信仰，但同时也需要对万事万物保持一种恰到好处的怀疑，经过反复思考，最终建立起属于自己的信念。在不轻信任何理论的条件下，人才会有鲜活的、乐于回应的、孩童般的、年轻的品质。我们至少还愿意探索，想去弄个究竟。如果连这种探索的渴望都丧失了，就真的是老了，哪怕

我们只有二十岁。

在社交活动中，对自己令人不舒服的某些个性，我会有意地不加掩饰，这样做的原因是避免让别人轻信我。一个人选择什么朋友，和什么人合作，着迷于什么事物，认可什么态度，不应该由对方来做决定，没有一个人进入你生命的时候是说好了必须是一团欢喜、不出差错的。信任是一种来自每个人内在的体验。

相比信仰、信任、信赖，我更喜欢"信念"这个词，因为它出自于"我"，是由自己主动发出并可以承担责任的。当我爱上一个人，并不是因为他给了我某句誓言，而是因为他如赤子般的纯真、善良和活力，让我对他充满了爱与感激。他做他自己，我也不匮乏。因为爱的信念，我们双方都不断地向更为完善进化，并且在关系之间产生了一种积极的能量。

不轻信，保持一种松弛的怀疑是非常有必要的，这至少能激励每个人在自己身上努力。

作为一名文艺青年，之前当然也有过写小说的欲望。好几个故事写着写着，心一虚就写不下去了。因为没有给故事中的角色找到出路，不知道该让人物持有什么信念。那些人身上带有了强烈的孤寂，伴随着三心二意的脆弱和自怜，他们让我自己产生了嫌弃。书写之中没有绝对的真相，只有世界被看到和被表达的方式。然而，看到谈何容易，理解又谈何容易。如果故事最终指向某一种宗教，或者画上一个看似完美的句号，好像是挺不负责任的事。写作是这样，自我的成长也是一样。

在每个人的生命中，一定会有一段时光，也许是一个人，或是某种思维体系，引导着我们的生命轨迹。与之相遇的那一刻，门打开了，生命力从那里进来，我又活过来了。是这种自认为我是鲜活的信念，令我那冰冷、沉睡、几乎冻僵了的灵魂再度开始呼吸，我被点燃了。从此之后，我的经历独一无二，我的信念具有价值。

八　旅途

时间的旅人

时间：2019 年 6 月 5 日
主持人：菲朵
地点：我们在各自的家里，通过网络对谈

　　小时候喜欢去别人家做客，倒不是因为做客本身，而是到了夜里，待我们告辞之后，主人家就要闭门休息了，作为客人的我还要踏上回家的路。那一小段路途，是我对"旅行"生发出的最初概念。走在路上，怀着一种未完成之感，但目的地永远都是回家。

　　为了旅行，我做过很多事。初中时逃学，坐着火车去看一个传说中的水库，只因为早春三月，站在湖边可以听见冰裂的声音从湖底传出，在空荡荡的山谷激起回音；小时候说话有些口音，父亲给了我半年时间，让我练好普通话，奖励是带我去北京；长大了去外省读书，去地理杂志工作，移居大理生活，以"自然与女性"为主题进行拍摄……在这些事情的背后，我其实都怀着想要在路上的心情。最近这几年，旅行更是成了我的生活方式。有时候在睡梦中，也能听见行李箱"哗啦啦"的滚动声。

　　最近一次旅行，目的地是葡萄牙。很多年前看维姆·文德斯的电影《里斯本的故事》，镜头是从正在行驶的汽车车窗里开始的，目光所及之处是延伸出去的公路，周围不断变换着音乐声、广播声，从德语到法语，从法语到葡萄牙语，不断地驶进收费站，不断地到达新地点；然后是里斯本的街道、餐馆、屋舍、路灯、大西洋的海风……这是我印象中旅行应该呈现的样子。电影中的里斯本老旧无序，又如油画般美丽。

90年代的欧洲逐渐融为一体，变成了一个超级大国。文德斯眼睛里的没有国境线的欧洲，就像空房间墙上的诗意涂鸦画。里斯本的海充满了力量和生命力，不时咆哮着冲击到岸边。我喜欢的葡萄牙作家佩索阿的幽灵也仍然游荡在那里，电影中倾斜的石板路，他曾每天走过；街边的小店，他肯定常常路过；他去一家酒馆喝他那一直不变的酒；曾在某一扇窗子里面写作，用以打发他的漫漫长夜。

整整一年，我、远远和Yoli，三个人都在此起彼伏的旅行路上。我在不丹的时候，她们俩在摩洛哥。有天早晨Yoli发来一条消息："在摩洛哥看到蓝花楹，就想到在世界的另一个角落，站在蓝花楹树下的你。"与其说旅行是我们认识这个世界的方式，不如说是认识我们自己的方式。退后一步或迈前几步，离开熟悉的日常生活，看到更多的维度和场景。以便了解这个世界正在发生什么，人们在做什么，我们是谁。

倚着飞机舷窗，穿越云层，让自己飞跃熟悉的日常生活，是旅行带来的短暂抽离。最初的时候，眼睛和心都是贪婪的，总想看到更多没见过的景色，想找到心里的那些期待。以为在下一个路口能找到什么，而总是收获了找不到的遗憾和很快又升起的新希望。但无论如何，我还是喜欢这种张力……到了如今，我也开始在意自己在整个旅途中有没有谦卑地看待一切，有没有认真去体会别人的城市和生活，有没有尊重他人的习惯，有没有深刻地和自己在一起……而不是一味要求世界给我一个可以接受的幻象。就这样经历了一次又一次旅行，可以说在日常生活之余，我的内心是在那个绿色旅行箱的滚动声中渐渐成熟起来的。

我们三个人决定把关于旅行的话题安排在网络上进行。在一个夏日的晚上，我一边做面膜，一边打开电脑和两位伙伴聊着关于旅行的话题。前面的旅途漫漫，不定归期，就是最好的安排。

菲朵　旅行方式其实和生活方式一样，几乎是一种隐私，没有什么可比性。我个人喜欢的旅行方式，从某种角度上说很像这本书，少了匆匆追赶景点的任务，多了不紧不慢的琐碎世情和日常沉淀。在旅途中常常会想起你们，幻想着，如果我们三个人同行，会去一个什么地方呢？

Yoli　一想到三个人一起同行，心里就时常升起一些画面，画框一样的窗外有纯粹的泛着光的绿和蓝，仿佛有生命起伏的白窗帘，杯子里袅袅上升的热气，我们在一起，享受着拥有彼此的静默。在哪儿好像并不重要，重要的是在一起，有情，有空间，有信赖。相比一地一地转换，我更喜欢在一个地方慢下来、在一处切实生活的感觉，有岁月感的地方会让我更有归属感。如果跟你们在一起，好像什么天气都很好，阴湿冷雨都很好，可如果是我自己，我会想要去一个充满阳光之地。

宁远　人对了，到哪里都差不多，哈！相比看风景，我确实更在意和谁一起上路。我不是一个十分热爱旅行的人，甚至对于"出发"这件事有种不知来历的倦怠，每次去一个地方，不管再远，也不管时间有多长，我总是临出发前一晚才开始收拾行李。说起来，这些年的旅行，除了工作相关就是陪孩子了。"一个人上路"这件事，已经是在十多年前了。不过，"远方"这个意象还是吸引我的，小时候住在山区，对山外面的世界好奇，想出去看看，这是成长的动力。

菲朵　为什么要旅行？旅行对你们来说，有什么特别的意义呢？

Yoli　我小时候站在河边，看着河流汇入长江，一直消失在日落的方向。我问奶奶："长江流去哪里？"我奶奶说："所有的水最后都会流向大海。"那时，我会看着日落的方向，心里默默想着："我一定要去看海，我一定要去很远的地方。"

也许是在出生地一直没有找到归属感吧，所以我一直渴望融入一个更大的世界。旅行对我来说是一种抽离，生活并不是只有眼前的这些小圈子，不是只有眼前的这一亩三分地。旅行能让人从局促的现实中抬起头来看，看到一个更大的世界，于是对自己的生命和他人的生命都生出一种谅解。

宁远　我更喜欢的应该是"换个地方生活"这件事，而不是常规的旅行。曾经在北京旅居大半年，也在澳洲短暂居住过，住在不像酒店的民宿或短租房里，自己买菜做饭，和邻居家的小孩做朋友，观察天气和日落，体会他人的生活，站在别处反观自己。

菲朵　一直觉得自己从来没有在任何一种生活方式里停顿下来，但旅行是贯穿所有生活的一条线索，也是日常生活的一部分。它和我的工作、长居地形成了一种有趣的节奏。旅行对于我来说就像是散步，有时在家附近，有时则会走远一些，散步对我来说是生活必需品。

和我聊聊你们的摩洛哥之旅吧。

宁远　我记得有一天傍晚，我和 Yoli 坐在撒哈拉沙漠腹地帐篷外，她跟我说她觉得自己可以在这里死去。说这话的时候，我们已经坐在撒哈拉沙漠深处的帐篷外半小时，我们沉默了很久。

坐在夕阳余晖下帐篷的阴影里，看天色渐渐变暗，看撒哈拉的沙丘从黄色变成粉色，直到绵延起伏的线条渐渐模糊。大自然拥有神奇的力量，你会觉得，在这无边的旷野与天地之间，人是孤独的存在，可是呢，心又被什么东西填得满满的。这世上没有什么东西我想占有，所有经历的一切都可以忘记。同时又有那种"万物生生不息，而我们只是路过"的感觉。

Yoli　是啊，好喜欢大海和沙漠，是看不到尽头的荒芜感，就像地球画卷上的留白之地，看起来什么都没有，而一切却又蕴含

其中。

摩洛哥有着很纯粹的颜色。这是一个强烈地带有夏日意象的地方，生活是慵懒的，漫长的海岸线、充满光影感的城镇、富有甜度的水果，让人身处其中有一种"长日漫漫，无事可忧"的感觉。当人的视线有机会看到大片的空景时，会感到心中的欲念是少的，而相反，走在高楼耸立的城市之中，天空被切割成一小块一小块的，在这样的天空下，人似乎拥有再多也填不满。在城市里待久了，我会有一种渴望，想要走出去看一整片的天空和海。

菲朵 你们在旅途中最容易被什么吸引？对我自己来说，体验他人的世界是一种学习方式。那些创造出伟大发明的人、建造出抚慰人心的房屋的人、修建美丽花园的人、烹饪美食的人、剪裁美丽服装的人、弹奏美好音乐的人、酿造美酒的人，甚至种植水果和蔬菜的人，都具有高度的灵性，否则他们创造出来的物质不会令人心生喜悦。人们总是容易把灵性抬高，贬低物质，在路上，我得以客观地体验这两者之间的平衡。

宁远 我喜欢主动去寻找每一个陌生之地的菜市场，而不是旅游区的小街小巷。

Yoli 嗯，我也是。我不太喜欢刻意去买纪念品再带回来。所以比起花一天时间逛购物街，我更愿意在路边的咖啡馆像个当地人一样闲坐。在那些充满烟火气的地方，看看这里有什么蔬菜，小孩子们在哪里上学，这儿的女人婚后会工作吗……我想了解在世界的另一个角落，另外一种生活的困局引发的生活智慧是怎样的。

菲朵 每个旅行地都有它的特点，当地人散发着地域、宗教、历史等原因造就的不同属性。我印象中的泰国人，尤其是女人，总是喜欢微笑，脸上挂着菩萨一般永恒的微笑。到了芬兰，你又会发现，人们没有太多表情，每个人之间都保持了一些距离，但你知道那不是冷漠，而是一种自在的疏离。有没有什么细节，是你们在旅行时记忆犹新的？

宁远 我还是讲讲摩洛哥吧。我们十几位女朋友去摩洛哥，我发现，摩洛哥当地女人的面目是模糊的。从古城到沙漠，从山区到草甸，住帐篷，进酒店，逛集市，不管走到哪里，和我们打交道的都是男人。女人们要么裹着头巾行色匆匆，要么抱着孩子颔首细语，和她们只是偶尔有眼神交汇，一抬头一低头，有害羞和善意。在这里，绝大多数女人结婚后就会辞去工作，全心服务于家庭。就在十几年前，摩洛哥还是一夫多妻制，一个男人可以娶四个老婆。也是在几年前，法律才规定强奸要负刑事责任，在这之前男人强奸了女人，只须把这个女人娶回家就没问题了。

同行导游大白说，在一些偏远山区，至今还有一个习俗，结婚当天，新郎新娘同房的时候，亲戚们就在另一个房间等着，要见红，如果没有，男人可以当场离婚。大白在车上说这些的时候，车里很安静，团员里除了小喜和其中一位团友的男朋友，其余十五位团员都是女性。这十五位女性,有摄影师、画家、企业主、校长、高管、公务员、全职妈妈、服装设计师……车窗外这个国家的女性境况似乎遥远陌生,但还是会引发深深的触动和共情。

一个女人从出生到长大,到活出自我,不管在摩洛哥还是中国,这条路要经历的挣扎和磨难,有些看得见,有些看不见。这些天的旅行,下车看风景,上车就分享各自的故事,哭啊笑啊,那些说出的和没有说出的,你知道每一张平静外表下也都包含惊涛骇浪。

Yoli 跟远远聊着这些的那天,我们俩看着窗外的灯光,手中拿着酒杯,都说不出话来,心里只是觉得更要好好地活出自己的人生。我越意识到身为女性的艰难,就越感到女性身份的可贵。

这一次在摩洛哥,除了当地人,当地的门也吸引了我的注意。不管是在马拉喀什还是在舍夫沙万,不管是特色酒店还是古老民居,我发现他们每一户的门都与众不同。这个国家的人基本都有着同样的信仰,好像人们都在同一种整齐规范的秩序之下生活,只是通过一扇门在构建自己独一无二的心灵世界。通过这些门,我会想象那些女人在面纱、黑袍子背后的世界,就像在阳光照耀不到的地方,依然会有我们无法想象的生命力在生长。

菲朵 你们喜欢一个人的旅行还是更喜欢和朋友们一起?

Yoli 都喜欢。一个人在陌生的街道闲散漫步,这种感觉始终让我难忘。而旅途中和朋友们一起,内心又会有很多激荡,这对我来说是两种不同的滋养，我都需要。

宁远 和朋友一起。一个人就在家待着吧，我喜欢一个人待在书房。

菲朵 过去都是一个人旅行。最近这几年因为有出国旅拍的工作项目，大部分时候是集体出行。每个人都想被听到、被看到、被关注，身为组织者需要照顾到每个人，同时也要让自己享受旅程，这就多了很多的挑战。不知道你们是否有类似的经历，来到你们身边的人最初都是带着某种欣赏前来，在一段密集的相处之后，因为每个人都要寻找自我存在感，自然而然就会生发出一些微妙的情绪和能量来，这也是集体出行的功课吧。

Yoli 我理解菲朵所说的，人们都会有期待和想象，而透过文字和图像来了解一个人是一回事，现实的相处又是一回事。我们得需要很多的时间和智慧才能培养出真正看见一个人的耐心。

菲朵 你们去过的地方，哪里的风景最美？我自己最喜欢北极，那里的风景不像是存在于地球上的，也和人类没什么关系。看着深寒的海水中岌岌漂移的蓝色浮冰，内心才明白，谦卑的感觉其实就是温柔。当天光明亮，冰块闪闪发光，它的蓝色就会更明亮，心里充满了单纯的希望，我不知道自己为何总是在冬天燃起希望，在冷的时候感觉温暖。身在北极的旷野之上，我常常感觉自己是一只毛茸茸的小动物，自我不见了，我迷恋身处大自然中那种渺小的感觉。

宁远　我能说是明月村吗？哈！其实任何风景看久了就不再是风景，任何一种生活过久了也差不多，你只有内心丰富，才能摆脱那些生活表面的相似。

Yoli　哈哈哈，就好像我们惊叹于卡萨布兰卡这片日落之地的美景时，当地的人只是头也不抬地路过。会被一个地方打动，还是因为那个地方会让人有特别的情结。

菲朵　旅行的记忆，总是和听觉、嗅觉、味觉、温度和湿度相关。当然，还有当下自己的内心境遇。是否有什么物质，对你们来说是旅途中的必需品呢？一扇能看到风景的窗户，是我一路上最重要的物质要求。

Yoli　我喜欢有晨光的房间。在清晨，微光像潮水一样悄悄漫进来的房间都会让我感到安宁。

宁远　那最好是有好看的窗帘的窗户。必需品啊，一副好身体算不算？

菲朵　我特别喜欢冰岛和不丹这两个国家，因为它们都是那种按照自己的逻辑遗世独立的所在。

宁远　我喜欢澳洲，阳光充足，像我的故乡。

Yoli　感觉菲朵很喜欢具有冬天感的地方。我喜欢富有夏天感的地方，因为那会让我想到童年时光。回想小时候，会觉得整个童年似乎都浸泡在夏天里。

菲朵　以前还在上班时，因为没有机会总出门，我就给自己开发了一条在家旅行的线路。它包括了卧室的窗口，不管它能让我看到什么风景，哪怕是一棵树也能令我满足；冰箱里来自各地的巧克力、芝士、糖果，储藏柜里不同产区的咖啡豆和红酒；当然还有我的书架，来自世界各地的作家都待在那里，以至于我前往的旅行地，很多都是因为某本书或某一小段文字而动念的；还有家附近可以散步的大街小巷：北京长安街、广州环市路、清远郊区的某处果园、大理苍山脚下的野草地……凡是居住过的地方，我就总是能找到一些旅行的感觉。顺势而为的能力，在日常生活中总是很有用的。

Yoli　哈，我也有这样属于自己的游戏。小时候在门前的树丛间穿来穿去，放慢脚步越过一个小土坡，会想象自己正身处一座大山之中。后来在市中心上班，过着朝九晚五上下班打卡的日子，我会把沿路的砖纹想象成一座座桥，那是我在走进办公室之前的一场出离。我还喜欢路边那些狭小的缝隙，比如树木与墙壁之间，我会专挑这些地方走，好像穿出来我已在另一个奇妙之地，这些都是我在日常生活里隐秘的小喜悦。

我还喜欢收集很多不同地域的植物，画下它们或者种植它们，橄榄树、高山百合、金合欢、新娘花……成都的气候对有些植物来说并不是很适合，种不活我就会把它们画下来。在任何一种境遇下，都有生命竭尽全力地活着，它们带给我很多平凡日子的鼓舞。

宁远　嗯，说到底，去哪里不重要，我们的内心有什么东西经过才重要。

菲朵　当女人们在世界各地的阳光或迷雾中走着、看着、感受着，似乎有一种共同的特点，就是对细节的捕捉能力。无论是一个街角的转弯处、一面墙壁上的涂鸦、刚出炉的栗子蛋糕、冒着热气的黑咖啡、寂寞的小镇加油站；又或者是突然来临的让长发飞扬、让麦浪翻滚的大风；还是巨树里绽放出的无数垂垂欲坠的鲜红野果，让人想起生活中那些突如其来的意外，带着危险与神秘的气息……这些微小事物，如果内心不够宁静，怕是连看都看不见。如果能安静地注视它们，就能明白，即便微小，也能构成一个完整的世界。抱歉我又要谈起女性的特质，我们能否运用本身的特质，做更多的尝试和体验，让旅行不再是盲目的出发和抵达？

Yoli　嗯，这也是我最近在旅程结束后的一些思考。除了收获一些眼睛的观看，带回漂亮的照片，在身体层面的满足之外，我们是否能通过一场旅行在心里留下更多的回响？事实上，观看也有不同的层次，就像读完同一本书，每个人心灵增长的厚度是不同的。我们往往在乎数量、长度，但是忽略了密度和浓度。深入一处地方，感受的精微性是非常重要的，它会让我们在同样一个时间段里，使得内在获得更丰沛的浓度体验。

宁远　是啊，微小的事物，你不仅要睁大眼睛看，也需要闭上眼睛往内心深处追问。越是向内探索的人也越能向外发展。

菲朵　旅行中会对自我有深刻的发现，这已是大多数旅行者的共识。风景呈现出诗意，心灵与外界交融的那些瞬间，成为记忆中最重要的部分。这些年有没有什么领悟是在路上发生的？

Yoli　有一次在路上，恍然不记得自己是谁，好像所有的身份都蒸发了。那一刻真切地感到没有什么不可失去，心里只想去爱。

宁远　在路上，我最容易原谅别人，也放过自己。

菲朵　真好啊，无论平时是一个怎样的人，在旅途之中都可以卸下盔甲，成为温柔而简单的人。

云上的日子

时差还没有完全恢复，躺在床上无法入睡，于是回想起前不久刚结束的旅行。葡萄牙之旅是一件乐事，一路上品尝人间烟火，关心世事，相比其他国家，它更让我有一种"入世"之感。许多细节在暗夜中变得明晰起来，原来回忆和期待一样，都是剪辑式的画面重现。我尽情享受着城市生活，音乐、美酒、能看到风景的房间、爵士乐，还有跳蚤市场。

我的相机猎取我所喜欢的每一个画面，并为之定格：挂着蕾丝窗帘的窗口、大西洋边钓鱼的老人、街头艺术家、中世纪的老房子、修道院、夕阳下翻飞的海鸥、菜市场……我还在某个周末的跳蚤市场买了一个金色相框、一小捆绿色蜡烛，还有旧的首饰盒，盒子打开，里面放着一张纸条，上面写着"She said yes."。我把纸条叠好重新放回首饰盒里，告诉自己，在接下来的两个月，要一直说"yes"，温柔地说"yes"。

我的旅行不是因为厌倦和匮乏，而是因为想要和这个世界分享我内在的某些体验。也是在经历了很多次旅行之后，终于明白了，一个人无论走到哪里，最重要的是运用自己的五官感受，由内在世界带动外在世界。否则，能看到多少新奇就会有多少厌倦，而胜利一定属于后者……于是我问自己，既然不渴望摆脱日常生活的单调，也不想在短短的生命即将过去之时，发现自己依然貌似积极地寻找想象中的新奇和有趣，那么，我究竟为何一直都在路上，为何一直迷恋着走走停停的感觉呢？

　　去过许多传说中"幸福"的国度。其实无论在哪个国家，都有大人物和小人物，有聪慧者和糊涂虫，有气质高雅的不凡者和俗不可耐的普通人。见过的人越多，就越明白他们和我一样，都同样怀着某种憧憬和欲望，有可笑之处，有虚荣，也有窘迫之时。当我保持客观平静的观察时，一路上就渐渐放下了多余的期待和情绪。

　　哪怕是狂乱而多姿的人潮已在街巷里汇聚成人海，作为一名旅者，在内心深处永远都需要给自己留一段空白，那不仅是旅行呈现的诗意，更是必须完成的功课。通过旅行，体验更多，分享更多，理解更多。我和我的旅伴们之所以在旅途结束后又和对方亲近了一些，并不是因为我们说了很多话，一同共进了很多顿晚餐，说了好多笑话……而是因为共同的漂泊体验，使得我们对彼此的沉默和笨拙，有了更深刻的理解和包容。

　　我的旅行一直与生活有关，与生活的缺陷有关，与内心之爱带来的悲喜有关。我在旅途中就很容易在机场、火车站、沿途的小卖部和加油站感受到诗意。正是这些遥远的地方，为我提供了一种可能性，让我得以摆脱日常生活中习以为常的种种局限。旅行当然也和一个人的审美方式有关，审美决定着旅者看到的场景和画面。尤其作为一名摄影师，是审美决定了我如何构图，如何用光，如何打开自己的视觉体验。

旅行之所以令人着迷，是因为离开了自己熟知的环境，去主动探索未知的世界，并从中找到了乐趣。有一次，飞机晚点，一个人在闹哄哄的机场等待迟来的航班。好在手里拿了一本书，旁人暴跳如雷，我却丝毫不觉时间难熬，是那本书让我忽略了等待的焦虑。有一次，在欧洲某个机场办理入境，手里攥着护照，站在等待海关检查的人群里。只因为站在外国人的队列中，瞬间就激起了旅行带来的漂泊感。国际机场人来人往，每个人都拖着塞满秘密的手提箱，每个人的身后都是影影绰绰的，深处还有很多东西，只是我们看不清楚。

其实，岂止是别人，我们连自己也看不太清……去年7月去冰岛，遇到大雪纷飞的天气，天地几乎在一瞬间变成了黑白两色。车在月球般奇特的地貌上前行，一整天只与无声的山水相对。我的这颗心，在那一路上荡漾不已，几乎是小心翼翼地捧着自己风起云涌的深情往前走的。

有一次，在斯德哥尔摩的某个冬夜，灯光昏黄而体贴地点亮了整个城市，我的心里也像推开了一扇大门。不同于冰岛的风景，让人看着看着就看出满脸的眼泪来；也不同于老派的葡萄牙；更不同于巴黎的甜美浪漫。瑞典这个国家散发着一种刚刚好的温和，让个性微凉的我感觉到自由。

有一次，从不丹最著名的虎穴寺走下来，已是山岚落下的黄昏。去当地的朋友家做客，等待晚饭的时间，体贴的朋友让我泡了一个含有几种草药的热石浴。不知道是因为旅途疲惫，还是水中的草药令我昏沉，我与这个世界突然产生了一种非常奇妙的出离感，在那短短的一小时里，我丢失了时间的概念，也不知道自己是谁。如果人生有几个体验需要定格在心里，这一定会是其中一个。

有一次，在北极圈内遇到大雪，雪及它周围的一切呈现出一种下坠般的灰蓝色，看上去非常梦幻。我站在大雪里，内心升起宁静、温柔，还有一种轻飘飘的顺从感。或许是因为北极的冷和弃绝人烟的洁净，让我明白人类从来都不是世界的中心。

还有一次，在深夜的梦里，他来到我身边。一扇棕红色的小门打开，他从里面走出来，脸上如同蜂蜜般的笑容一如最后一次见面。我并不关心这相见是过去还是未来，但我明白他一直都在，不太远，也不太近，我们不曾执着痴缠，但也没有说过再见。梦境虽然虚幻不实，但即使是水中之月，依然是因为天空有一轮真实不虚的月亮。在人们之间真实存在的情感，从不会被境遇所困。需要爱，但我们也都需要在爱中得到自由，让生命一次又一次提升自己的任务。彼此相认，是生命中真正的机会，向自己的真实身份进化和靠近。相爱的人得以生生世世在彼此的生命中取之不尽，这不是对别人，而是我们对自己的一种承诺。

一个人总要给自己找到一些乐趣，即使在最困难的时候，我仍然持有这样的想法。如同每日寻常，我早已将自己的心灵生活，转而嫁接在了一次又一次的旅途之中。或许在人生的其他方面都是亏损，但在一次又一次的出走之后所产生的欣喜，已足够让我余生饱尝。

每当旅行归来，我会躺在我的大床上很多天，一个人，不说话，不举相机，不对自己有任何要求，以这样的方式来完成梦幻与现实的对接。我必然还会感觉到，贯穿在它们之间的矛盾和差距。社会新闻还是那么令人惊叹，人们一样在争抢各种资源，破裂的关系依然要经历难堪……我只需要一点儿幽默感，哪怕只有一点点，就可以平安度过现实。

是的，我大可不必把这个荒诞的世界看得太认真，真正重要的事情都在我心里，在多年养成的审美里，在我对生命方向的选择里。

就这样想念着旅途中遇到的人和事，赞叹着那个骑着脚踏车，双手插在口袋里，专心地听着自己吹口哨的年轻人，感觉到睡神已在恍恍惚惚中降临。

平凡的生活是最伟大的冒险

Yoli

我出生在一个地域界限分明的地方。在这里，河这边河那边，这条街那条街，人们把彼此的地域分得清清楚楚。而且真的，只是一小时车程的距离，但只要有这么一块空间上的距离，人们的口音就会略有些不一样，这使得人们可以把彼此分得更加明晰。

而我呢，我正好出生和生活在一处没有办法描述的地块上。我的爷爷因为看中了一棵梧桐树，买下了一块背山面水的土地，盖好了小楼小院以后，又在外面种满了梧桐树。这里便成了一处隐世之居。

说我们家是河这边的吧，河这边是一整个厂区，翻过小山头，山坡那边所有居民都是一个厂的，而我们家不是，他们会说，你不是我们这里的。说我们家是河那边的吧，毕竟我爸爸在河那边工作，可河那边的会说，不，我们隔着一条河。我从河堤走到街市，从街市走到江边的码头，不论我在哪里，人们都会说，你不是我们这里的人。也许这正是爷爷想要的，不再属于任何的界分，择一树而栖，彻底地从这个尘世中隐去。

"你是哪里人？"这个人们普遍爱问的问题，成了横亘在我生命中的第一个难题。那个街巷穿梭邻里闲话闹腾腾的尘烟人世总是与我隔着一座山，隔着一条河。我能归属的，只有一片梧桐树，和那片梧桐树扎根的土地。这使得我好似只是寄居在这个世上，从出生，就生活在一处无法归属的地方；从出生，就像是开始了一场远行。对我所生活的城市，我从小就这么说，我是这座城市的旁观者。

参与一种生活和旁观一种生活是不一样的；一个旁观者的奇怪在于，她会对很多习惯成自然的事情感到奇怪。她会一直问"为什么"，而人们会回答她"一直就是这样，没有为什么"。比如借书，小朋友不借给我书的原因是"你不会还给我"，我十分惊异怎么会有这个问题，怎么可能不还回来呢？但后来我借出去的书果然都没有还回来过，我不明白这么奇怪的事怎么成了一件自然的事，然后大家说"都是这样的啊"。

比如交朋友，孩子们会走过来跟我说"我们可以今天做朋友，明天就不是了"，我不明白，为什么我们的父母不在一起工作，我们就不能做朋友？既然要做朋友，为什么只是一天？我以为认定一个朋友是长久的。比如放学回家，孩子们会跟我说"今天放学我们一起走吧，但不要以为每天都这样，明天我们就不一起走了"，我也很好奇，为什么人认为自己可以轻易地参与一个人的人生，然后又轻易地离开？

也许，我从小就被生命如此训练着，我对于相聚和分离有着格外不同的感受。我不害怕我们今天相聚，明天又散去，生命对我来说就是如此，有时有人同行，有时一人上路。在分离时，我的情绪总是很淡，但在相逢时，我总是有格外浓烈的珍惜之情。

因为我知道，失去总是必然，而得到才是偶然。

哪怕只是萍水相逢，我也会格外认真地对待那个人。某次在旅途中，我的朋友跟我说："以后都不会再见的人，你干吗那么认真？"经她这么一说，我才好好思索，原来对我来说，正是因为不会再会，在能对话的时候才要真诚去说，在能给予的时候才要全心去给。人生最大的遗憾不是付出了心力而没有结果，人生最深的痛苦，其实是在能给的时候我们没有给，我们没有去把一些善意，付出去，留下来。

也许正是因为这样的童年，在这副身体里，我时常会有一种在小舟中飘渡的感觉，在时间的长河里，我是生命的旅人。哪怕是在日复一日的家居生活里，我的心也时时在远游，而在旅途之中，我反而会全然松弛地沉睡。不管是汽车、火车还是飞机，我在旅途中都能死一般地沉睡。因为我终于不是在某地，而是在路上，我终于不再需要去融入，只是去流淌就好了。一坐在那张漂泊的椅上，我就可以睡，没有梦地睡，像灵魂被抽走一样地睡。

在哪里都可以，只要有光，我的神思就会如水面一般平静下来，然后缓慢地蒸发。小的时候看着尘埃在光里舞蹈，当妈妈了，看着光在孩子的脸上泛起一层薄雾似的雪，恍然间不知身在哪里——我到底是在过去还是在现在，到底是在别处还是在此地？某次我站在大太阳地里吃冰激凌，舔着舔着，店铺的蓝招牌、女人的红裙子、五彩斑斓的水果摊都开始发白，世界白到看不见，影子也消失了，好似自己成为一个透明的魂魄。那一刻真好，就这样从世间蒸发掉，也是蛮有意思的事。

可是，最终还是要回到人间来，一次又一次学习扎到尘世的潮水里去。因为一早明了我并没有真正地进入这个人间，所以一直都在长久而笨拙地尽力。像种一棵树，要先把自己立住，安身立命在此间，再学习与这个世界交互，学习不侵犯他人的同时安守着自己，学习信任他人但不把重量放在别人身上，学习在自己身上下功夫的同时不断地给出爱。

人生其实就是不断地抽离和进入，不断地拆毁和构建。

如一只鹰，飞得越高才能获得更大的力量去俯冲，借由着心的远行，其实是为了安住于此身，更朴实地归来。我们要更深地落到那凡尘的生活中去，穿过缠绕纷杂的人世结节，找到化繁为简的法门，不断地深入繁杂，复归简单，把我们的身躯如树木一般深扎在浊世，去经历辜负、误解和欺骗，但我们的心却轻盈如一只鸟飞在清空，要穿越我们所经历的去看到这些苦痛背后的恩慈，保持对日常生活的觉察与感受。

亲爱的，我们都是来这个世间游历的人，要保持对生命的想象力，不要执着于这个世间的界分而固化了自己，我们的生命可以更加富有弹性。我们可以是喧嚣的，如群鸟中的一只；也可以是孤独的，如高山的鹰；可以是泥泞中的一丛芥菜；也可以是静湖中的一朵莲。我们会发现，破坏和创造一件事都会特别地有快感，因为我们身体中的每一个部分都不比另一个部分更加高贵，它们始终如海浪一样，此消彼长地在我们的胸膛深处起伏。我们要不断地消灭自己，又生长出新的来，在平凡的生活深处历经一次次心灵的冒险。

九
朋
友

女朋友们

主持人：菲朵
时间：2019 年 3 月 9 日
地点：大理 翠山客栈

2019 年的春天，我、宁远、Yoli 决定在大理相聚。上飞机前，我收到 Yoli 发来的信息："真好啊，又要见面了，要是永远不结束该多好，这样就可以借着工作之名经常在一起。"

这四天的时间，我和她们一起住进了朋友开的翠山客栈。那是位于大理环海路上的一个独立院落，上下两间客房，推开窗户能看到大片农田。3 月的油菜花也开疯了，苍山山脉在右手方向清晰可见，半山腰上的春樱也星星点点地红了起来。她们到达的那一天，山顶下了大雪，白色山峰在高原阳光的映衬下闪闪发光。哪怕我在大理已经居住了十年，每次看到这样的风景，也总是如同初见。这两个来自阴冷成都的女朋友，一进院子就脱去冬衣，把自己瘫在木头平台上开始翻来覆去地晒太阳。3 月的高原一天可以经历四季，我们就在这样的画面里，开始了对谈。

距离我们第一次谈话有五年了。在这五年里，我们三个人都经历了很多变化。有积极的，有消极的，都有时间聚在一起也实属不易。在我、宁远和 Yoli 三人之间，有一种特别的善意。我们从事不

同的工作，都是对自己要求很高的人，常常在对方身上看到光芒和自己的不足。她们令我信服，因此我渴望和她们在一起。"成为更好的自己"这句话不是一种想象或空谈，那是我的责任和义务，更是向她们致敬的一颗真心。

和我对爱情的态度一样，这种欣赏成了我们友谊的基础。这么说来，人与人之间的关系确实是建立在务实的基础之上，如果你说这是一种功利也可以。人们相遇，有时携手并行，有时互相追随，有冲突的同时，对这种差异保持开放的态度。这是我渴望之中比较高阶的感情，男女之情与同性之情，在精神层面没有本质的区别。

这个世界，会因此而变得更美好吧。

除了相互的欣赏和支持，最重要的原因，是我们都对"朋友"这种关系怀有一种类似乌托邦的理想主义，准确地说，是"女性的友谊"。回想这几年来，我们三个人的对话并不完美，很多想法武断偏颇，我们也在这个过程中看到很多自身的匮乏。几乎所有女性的困扰，我们都有程度不同的共情，都被囚禁在自己的炼狱，也常常遭到他人排斥。我们都在挣扎，同时又在试图修复。

对话这件事情最重要的意义在于，我们就女性成长过程中的大事件进行了最坦诚的交流，并以这样的分享鼓励更多的女性直接、公开、准确地表达自己的思想。这不仅仅是几次普通的聊天，更是作为女性，为自身成长所付出的努力。

我为我们的讨论感到自豪。

菲朵 女性之间的友谊，给你们最大的影响是什么？

宁远　我不是那种很快就能和一个人走得特别近的人，与人相处总习惯保持礼貌的距离感，所以非常要好的朋友不是特别多。

这可能和小时候的遭遇有关，上小学、初中的时候，总在不断转学，交了好朋友很快就分开，到了新环境又得交朋友。那个年龄，友谊大过天，但我经历过被朋友孤立的"绝境"。上初一的时候，班里几个要好的朋友突然就不理我了，很快全班同学见了我就躲，而自己对发生了什么一无所知。在那种被群体排斥、孤立，让人窒息的环境里过了几个月。后来才知道，是其中一位好朋友跟其他人说，我是小偷。但真实的情况是，她几个月前偷我的东西被我发现了，她求我不要把这件事告诉别人，我当然也没有跟任何人说。但她担心我会说，就先去班里说我是小偷。哎，具体细节还有很多，我现在想起来都还很难过。

我现在身边的朋友不多，几乎都是认识三十多年的老朋友，在工作室天天见面的几位发小。每天工作在一起，下了班住在一个小区，逛个超市什么的总能遇到，周末还约着一起带孩子。我和她们算是友谊还是亲情呢？很难讲的。这有点像过去一辈子住在一个小村庄的女人们，朋友就那么几个，大家一起变老。这种朋友，更多的意义还是陪伴吧。

远处的朋友，一座城市其他角落的朋友也有，但也不是经常在一起，只是心里装着对方。只要对方有事，就会在最需要的时候出现。在朋友们中间，我好像一直是那个"大姐大"，她们有什么事都很愿意和我倾诉，我应该是个不错的听众。我自己的事呢，心理上的危机什么的，大多数时候都能自己一个人调整好，不太需要求助别人。

我和一些朋友也想过，将来，老了，我们在一起养老。住在乡下一栋漂亮的房子里，各自有自己的房间，有一个大客厅，方便大家聚在一起。

朋友不是用来填满空虚的。朋友要想维持长久的关系，分享彼此的生命，最重要的是共同成长吧。我珍惜并享受和你们俩的友谊，谢谢你们来到我身边，此前的人生里，这样的友谊似乎不多。我们真的是在彼此映照。因为这本书发生的情感和思维上的交集，是一份珍贵的礼物。

Yoli 跟远远有点儿像，我小时候也经历过两次转学，而且因为我家非常僻静，没有什么邻居和玩伴，所以很能理解那种希望被人群接纳的感受，也非常珍惜与人建立的关系。

我曾经认为人和人之间的关系就是简单的你对我好，我对你好。但后来发现不是的，人最擅长的事情就是把关系变得复杂。每个人的心里都有一个空洞，我们在掩饰自己和猜忌他人之间浪费很多精力，人们会产生非常荒谬的误解和矛盾。但是在这个过程中碰壁，受伤，被曲解，被珍惜，发现自己不能做什么，以及必须坚持什么，自我就会变得更加强韧。

记得我刚刚被一群小伙伴接纳时，我不再每天一个人上下学，终于进入几个人的聊天系统，然后我发现，即使我们才七岁，人与人之间某种天然的复杂性也已经开始显现。

一个女生某天穿了一条漂亮的粉色裙子，上面有很多的蝴蝶结，她一整天都在变着方式说："我妈妈说公主身上就有很多蝴蝶结。"其实她一直都在等待有人对她说："你今天穿得像个公主一样。"但是谁也没有对她说，而另一个女生在这时扭过头看着我说："我觉得尤琳即使穿上要饭的破衣服也会十分好看的。"她看上去是在夸我，但我知道她实际是在说什么。我脊背上的毛都竖起来，我知道我完蛋了，我应该赶快说些什么解救自己，但我始终都没找到能化解这一切的话。果然，那个蝴蝶结女生整个小学阶段都在跟我较劲了，我很想跟她说："不要被牵着鼻子走，事情不是这样的。"

　　这样的事不是只发生在小孩子之间，成人之间也常常有这样的情节。后来当我知道一个人需要，我就会给她那句话："是啊，你像个公主一样。"我知道一句话根本不能填满那个空洞，甚至这句话有时还会给我引来其他的麻烦。有时我是人群中的砧板，有时我是人群中的刀。我总是在想，我怎么才能躲开这一切呢？这个过程充满了孤独的心路和痛苦的追问。当然有一些聪明的方式，比如那个女孩运用的夸奖，学会一些技巧就可以游刃于人群，但我质疑那样真的快乐吗。

　　我不愿意被支使，不愿意站队，不愿意被迫表达对关系的忠诚。我确实很向往人群，非常害怕别人对我好，因为我无法抵抗人的温情。可这也让我发现我的另一面，我非常不害怕别人对我不好，真的被伤害被孤立的时候，我会更加确定我想要什么，那是一种即使失去人群也要守住自己的决心。而我发现一旦真的这么去做，反而会吸引到真正的情谊。当我呈现出真实的自己时，我的同类会在

244

人群中和我相认。

菲朵 被排斥带来的孤独感，有时是因为某一方面出众，有时则是因为自身的弱点和缺陷。你们刚才说的，我也有过类似的体会，即使到了成年，这种情况也依然存在。

也许是我有点儿激进的思想和言论造成的。尽管我很少与别人有正面冲突，更没有主动抢过哪位女朋友的饭碗，每隔一段时间还是会失去朋友，她们大多曾经与我非常亲密。

有趣的是，正是因为这些经历，我如今所从事的工作，无论摄影、写作还是旅行，全部都围绕着女性。有时候我也会想，天哪！要么我会成为一个执着的女性研究者，要么就一定是疯了！在女人堆里，我不得不保持警惕。

Yoli 哈哈哈，我是在男人堆里保持警惕。在女人堆里，我是懒散。三十年了，我还是没有办法解决这些问题，我想这辈子我都会对此无能为力，一个人的能力真是极其有限的。所以还是喝酒吧，醉一点儿，挺好。

菲朵 你们怎么理解女性之间的竞争？

宁远 女性之间的竞争常常以一种非常微妙的方式展开，但老实说，我对这一套早就无感了。当一个人的生命格局足够广阔，他就根本不可能流连在那些微妙又无聊的争夺上。我曾经在电视台做主播，并且做到了所谓的台柱子、头牌，在那种位置上经历的种种，足够写一部意味深长的小说。我也曾经一度想写出来，但后来放弃了，觉得不值得。最近读了多丽丝·莱辛的一篇小说《另外那个女人》，非常有趣，一种温和又幽默的女性主义。小说里，曾经是情敌的两个女人结盟了，她们一起抛弃了那个男人。女性之间应该有更多的善意和关怀，而不是竞争。

Yoli 能够成为对手的人，才会成为朋友。对我来说，友情、爱情，都是势均力敌的关系。所以竞争不是一个坏的词，它可以发展成负面的、彼此消耗的，也可以发展成正面的、积极的，给彼此带来鼓舞和滋养。关键是我们自己是否能识别这个，以及对手是否具有同样的智慧。

女性的竞争，可以说是男性主导的社会所导致的悲剧。我们倡导柔弱的女性，倡导无法自己解决问题、必须依附于人的女性。这样的女性永远把自己放在受害者的位置，永远需要别人为自己的失意买单，为自己的失败寻找假想敌，推卸成长的责任，把精力过多用于攀附他人而不是强大自己。我们的经验告诉我们，这样的女性更容易在男性世界里得到便宜，而其实，只是因为这样的女性好掌控。

如果我们把力量收回到自己身上，我们愿意从自己的失败里去总结经验，彻骨反思，踏实地为自己的人生去承担责任，我们会发现，每个人都不容易，我们会和另一个同样的女性惺惺相惜，哪怕我们同样强大，但强大不会成为我们彼此挤压的根由。

人间的好东西，好的心灵、好的缘分、好的关系都是稀有而珍贵的。我们会像捍卫星星之火一样捍卫自己，以及捍卫那个足够成为我们对手的朋友。我们常常会以"人们都是如此"作为借口，但绝大部分并不意味着是好的。有所坚持、有所相信，我们才有可能和同样珍贵的人彼此相认。

菲朵 我觉得竞争不是坏事，但重要的是如何竞争。女性之间总是很容易落入一种微妙的关系，哪怕表面和谐，其中也难免暗藏玄机。在竞争关系里，男性会很直接，他们直接表达自己的不满和攻击性。相反，大部分女性则善于间接攻击。

女性的攻击性主要针对其他女性，而且方法非常含蓄，这是女性擅长的竞争方式。她可以不喜欢另一个女人，却以笑脸向对方表示赞同，在充满敌意的环境中制造和平氛围。我想，这也是很多女性为什么不试图争取真正公平的原因之一。因为一旦公平，她们就必须直接挑战现状，要勇敢地面对冲突。

流言作为一种具有代表性的武器，有一套特别的传播方式，它类似于口述史。用口口相传的方式诽谤或孤立一个人，不做解释，甚至联手被攻击者的其他反对者，形成更大的反对阵营。间接攻击比直接攻击更有害，这些行为完全可以扰乱被攻击者的内心平静。只可惜除了浪费时间，它只能给传播流言者非常有限的好处。对于女性朋友之间的诽谤和流言，我们是有责任去阻止的，因为很有可能我们就是下一个被诽谤的目标。有时候我们是受害者，有时候又成为施害者，这两者之间并不遥远……听流言不走心，保持怀疑的

态度，不重复传播，也不起反作用。但其实要做到并不容易。

很多女性希望自己散发出光芒，但首先必须赶走更具备光芒的其他人。对她们来说，创造力和凝聚力都会是一种冒犯，醋意大发的人会将他人的优点看成一种迫害。在童年时期，没有一个人或是一个团体传授我们一种技能，那就是如何在表达自己的同时，接受他人存在的合理性。女人们应该学会与其他女性公开竞争，并且不因为失利而丧失友谊和自尊心。

我发现身边八九十年代出生的人，有很多不太喜欢交朋友，而更愿意把情感寄托在某位网红或明星身上。常常听到一种说法："只爱陌生人"。我觉得这个现象很有趣，只爱陌生人的背后，能感觉到人们对情感有很深的失望。

宁远　交朋友和喜欢一个遥远的明星是两回事吧。或者，可以交一个身边的朋友和你一起喜欢某个明星嘛。不管是朋友还是明星，"情感寄托"都不太合适。

Yoli　陌生人可爱，是因为人群中最可怕的就是不远不近的关系，自以为很了解你，其实又没有那么了解你，于是会有很多的妄断。亲近关系的建立又相当有难度，相比起来，一个遥远又陌生的人实在是可爱得多，不会揭开自己的伤疤，又能尽情投射想象。

"80后""90后"这种现象我倒没太注意，不过真实的人总是有漏洞的，一个遥远的情感寄托可以安放人的完美情结，所以我可以理解这样的情况，它肯定是存在的。就好像现在很多人也不谈恋爱了，而是把自己的情感寄放在虚幻的网络中，未来也许还会和机器人谈恋爱，一切都由自己的心意扭转。

建立真实的关系对每个人来说都是了不起的挑战，人的身体需要锻炼，人的心也需要磨砺，很显然，人们越来越无力去承担这些生而为人的挑战了。不过我对此并不悲观，现在刻意训练自己的身体正在变成一种流行，也许未来刻意训练自己的心也会再次成为人们的渴求。

菲朵 人与人的关系，其实都希望得到亲密，而不是疏离。"只爱陌生人"的背后，暗藏着之前不被鼓励、不被接纳的委屈，也有一种深深的自卑感。把情感投向明星至少是安全的，没有被检验的机会，可以一直待在幻觉里。

菲朵 你们愿意花时间与一个人共处，无论那是一次旅行，还是一杯咖啡的时间，有什么前提条件吗？

宁远 我还有点以貌取人，现在的我对那种约个饭、聊个天都要浓妆艳抹、穿高跟鞋的朋友，有点儿无法接受，哈哈哈。我喜欢和你们两个在一起，因为我们一方面多么不一样，另一方面在某个高处又完全是一样的。

Yoli 彼此能说诚恳的话，能让彼此的生命都更加有效率。现在我与一个人相处，或做一件事，都会问自己，这对我来说是滋养还是消耗。如果是消耗，我会减少或干脆拒绝。生命极其有限，我会尽可能把时间、精力和情感安放在那些能够滋养我的部分上面。

菲朵 对我来说首先是平等，双方都是走在努力成为自己的道路上。没有自卑和自傲的情绪，才有真诚的可能。远远说到以貌取人，我觉得也可以理解为一个人的得体。

我也会在心里问自己："这个人能激发或鼓励我身上的好吗？"人们常常说"无条件付出"，其实我个人觉得根本不存在这种情感。至少，我们选择去亲近一个人，是因为我们自身的需要。那些值得去爱、值得结交的人，无疑都是品德高尚的人，他们一定具有某方面的美德。

高质量的友谊，只存在于品格高尚的人之间。我这么说，会引来很多反对的声音。只为谋取利益和帮助而与人相处，不能说那是错的，但这样的关系无法让人领略到友谊的本性和力量，最多可以被称为资源共享。

菲朵 你们会在意他人的看法吗？这些看法会对你产生什么作用？

宁远 这是我此生的功课吧，一度非常在意，讨好型人格嘛。现在慢慢好些了，但还是会在意我在意的人的看法。

Yoli 当然会在意的，不可能完全不在意。太过于在意他人的目光，和完全不在意他人的目光，都有些偏颇，以我有限所见，这两种人都不太快乐。我会以我的舒适坦然为原则，在这之间找个平衡点。

菲朵　好像真是不太在意啊。我从小的生活经历和环境一直都与大众价值观隔着一些距离，可能早就习惯了。我的父亲是一位画家，在我有独立意识之前，就知道他是个"怪人"，一直都生活在自己的世界里，独来独往，极少与人亲近。在我的童年和少女时期，他在很多事情上给了我极大的自由。比如，他曾对我的母亲说："既然她不喜欢数学，那就不要再逼她了，没什么大不了。"初一军训，老师要求我把留了很多年的长发剪掉，父亲又说："女孩子家，搞得像个男孩一样，多难看！不剪！"哈哈，如今想来，我还真是幸运。父亲让我知道人生不必填写标准答案。但这也辛苦了妈妈，她拿我没什么办法。自从有了孩子，我就特别能够体会，想要拒绝单一标准，在集体意识的大环境之下，抚养一个叛逆不听话的小孩，需要多大的承受力。

Yoli　你妈妈真不容易，女人受社会评价的限制相比男人更多，人们对于人群中的例外，总是不太友善的。而我真开心认识了你，你这个人群中的例外。

菲朵　当我遇见那种特别热情的人，非常关心我的人，心里会有点儿虚，因为明明没有那么熟嘛。我觉得熟人和朋友还是要区别开的。你们有没有遇到过类似的情况？

宁远 会的，我觉得和不太熟的人保持距离是一种教养。我如果喜欢一个人，反而会刻意和他保持距离呢，珍惜那份喜欢，远远地欣赏就好了嘛。其实，友情中的距离感还是很微妙的。我们三个人能通过这本书走得这么近，实在是太美好了啊。

Yoli 会啊，会觉得不知如何是好。有的人是不太了解人与人之间的分寸，但有时候也会感到对方是真诚的。不管是哪种情况，我会如实表达我的感受，常常也会得到对方的理解和尊重。

菲朵 人们总是容易跌入幻象，有时也充当别人的幻象，这是我们减轻孤独感的诸多方式之一。但真正的友谊应该是发自内心的、自然的，也应该是真诚的。

你们喜欢独处吗？那些独处的时间都是怎样度过的？

在这方面，我绝对有很高的需求。每天都有一段时间是需要和自己待在一起的，有时利用跑步时间，有时把自己关在书房。实在没办法，就把洗澡的时间拖长一点……总之，独处是我充电的最佳方式。

宁远 需要，非常需要，每天晚上哄孩子们睡着之后，我都舍不得睡觉，我要悄悄爬起来，做自己！哈哈哈。

Yoli 每一天都需要。哪怕只是静静地在自己的书桌前坐十分钟，都会让我觉得这一天对得起自己。对我来说，最好的独处当然是画画，沉浸在自己的世界有所创造是最美妙的事。其次是书写，把自己的所思所想，通过文字清晰地呈现出来，是一件十分痛快的事。噢，卫生间，啊，我爱卫生间。我还爱房间里升起的一点微光，我的心会因此回到它该在的位置。

宁远　我也爱卫生间！不仅蹲马桶的时间长，沐浴也很浪费水啊……

菲朵　如果是几个朋友出现了分裂，你会站队吗？

宁远　不会的。我就有两个朋友，她俩互相不待见，但不影响我和她们各自的友谊。

Yoli　不知道为什么，我人生的不同阶段，总会吸引完全不同的人分别成为我的朋友，大概因为我自己也是个矛盾个体。从很小的时候，我就总是在平衡朋友之间的关系，后来发现其实我不必刻意做什么。所以这好像是她们之间的矛盾，但也成为我不断去面对的功课，不害怕面对冲突，并接纳个体之间的截然不同。

菲朵　不刻意站队，但也不会沉默。我会表达自己对事件的态度。如果因此失去了朋友，那也没有办法。
怕不怕树敌？

宁远　好不想承认，但确实不想树敌……嗯，我是一个温和的人。

Yoli　怕，但是怕也得树敌。就像上一个话题，截然相反的事物总是相依相伴。一旦有明确的态度和观念，就一定会有反对，就一定会有相反面，除非一个人活得面目模糊。只要一个人越来越明白和确定自己，活得越来越鲜明，那就一定会树敌的，这不让人愉快，但每个人都必须迎接和面对。

菲朵　怕麻烦，不过总是被当成假想敌。你们是否经历过与某位朋友绝交？

Yoli　以前特别害怕关系的了断。女人之间似乎有一种与生俱来的默契，就是彼此都知道关系实质已经不在了，但是表面上依然可以表现得什么都没发生过。

但我的一位朋友跟我说："没有绝交，难有至交。"这让我反思。为什么我们要经营名存实亡的关系？因为我们谁都不愿意背负罪责。在那些断裂的关系里，大家各自都会把自己代入无辜的角色，但没有人愿意面对，就像关系的建立，关系的分离也一定是两个人共同的责任。缘聚缘散也是世间常态。

我们害怕自己是有错的、片面的、有缺陷的，我们宁可欺人欺己，也要活得含糊而完美。当我试着拒绝和结束一段名存实亡的关系，并试着不做任何解释来开脱责任，我忽然感到一种前所未有的畅快和轻松。承认这样的自己，就像承认青春所犯下的所有愚昧。我有错，但这也是我很珍贵的一部分。

宁远 有过，我在做一件事情的时候，对方在公开场合说不好听的话，我仔细想了，这件事是她的问题，我没错，就果断和她绝交了。

菲朵 有过一次，其实是我被对方拉黑了。但当时我还希望就那件事情有所沟通，无奈她删除了我的微信，令我感到非常委屈，随之而来的还有愤怒。加上那段时间我也遇到很多个人问题，压力很大，自己的情绪不稳定。

两个脆弱的人想要把矛盾处理好，真是一件特别难的事，因为双方都陷在各自的情绪里。回想过去的经历，有两种现象能激起我的愤怒：不会好好说话、删除联系方式。等各自表达完自己的愤怒，也就该分道扬镳了。

那件事情发生以后，我有过反思，也许未来有机会我会找她和解，至少承认自己当时的脆弱。另一方面，那次冲突也为我打开了一扇大门，让我体验到了更多自由。这是一个很有趣的现象，当我不再是一个得体、懂事、完美的人，当我不再掩饰自己的脆弱和情绪，当所有人都看见了，尤其当我承受住了各种声音，我反而更自由了。

菲朵　生命中是否有无条件支持你的朋友？

宁远　有的。

Yoli　有，而且每当想到这些，我就会忍不住流泪。正是那些反对你的、要淹没你的，才使得这些人在生命中像金子一样可贵。感谢金子的存在和衬托了金子的一切。

菲朵　我也有，尽管我们并不会常常在一起。但她们一直都在我心里，无论各自走到人生的何种境地，始终都是彼此的支持者。

友情是一件很可贵的事。从某种角度来说，友情比亲情更需要自觉自愿的吸引力和黏合度，因为它发生在没有血缘关系的人中间，无须借助本能性的亲缘关系。这种关系的建立，所能够凭借的，是人与人之间更真挚、更纯粹的欣赏与连接。也正是因为这样，真正的友情才是可遇而不可求的吧。

只有足够幸运，才能遇到无条件支持你、全然陪伴你的人。我们都在不断成长变化中，情感连接的强弱会随着经历变迁而不断地发生变化。多的是一时一地之友，少的是一生一世之友。我觉得自己非常幸运，在生命中与你们两位共同走过了这段岁月，会很难忘。

友谊的野心

菲朵

自从初二那年被女同学集体孤立以后，我就拥有了一种被拒绝的经验，并且开始意识到"关系"也会是一种危险的信号。被那些昔日信任、依赖和需要的女孩儿们拒绝，这恐怕是我少女时代体验过的最为残酷的经历。

成年之后一直到大概三十岁，我在友谊这种互动关系中，仍然保持了一丝丝胆怯，仍然害怕被抛弃，少女时代的经验仍然激荡着我的内在情感。对此，我的应对方式是，让自己不需要友谊，至少不是非常依赖。

回忆过去时，我还是不清楚自己为何不招女孩子们的喜欢。或许是因为在少女时代的相处中，我不该坚持自己不同的声音和观点，这容易被同伴认为我有骄傲、古怪、清高之类的个性，造成被孤立的可能。事实上，我是的，我不冤。直到今天，我多多少少还具有这些特质。

友谊这个命题，对我来说实属困难。如今的我是那种没有朋友也不会觉得很寂寞的人。不容易与人亲近、天生反骨、边界感清晰，尤其是当我体验到独处的深度和品质之后，就更觉得大多数关系都可有可无。

人们通过与他人的联系来寻求自我意识，为了摆脱在团体中的孤独感找某个人来做伴。一些女人聚在一起取笑其他女人，以在小团体中展示她们的权力和力量；另一些女人，在涉足友谊世界的过程中学习到的，则是接受了友谊关系的不稳定。年轻的女孩儿们甚至在和自己感兴趣的、可能未来会是男朋友的人约会时，也要带上自己的闺蜜。仿佛没有了女朋友，生活就毫无乐趣。这些情况，在大部分女性成长的过程中，多多少少都曾经发生过。

年少时，我们还不懂得，因为生长环境的不同，女朋友们有着不同的生命欲望，并因此做出不同的人生选择。有一天，友谊会毫无预兆地突然变得冰冷，甚至还会带着伤害。这种悲剧性在于，我们从来没有真正搞明白为什么会被朋友接纳或拒绝，自己就成了局外人。再接着走，也许会发生这样的反转：我们曾在友谊中体验过某种痛苦，而我们发现自己也带有类似的敌意。某位好友在事业上遥遥领先，另一位则沉浸于甜蜜的感情生活，还有一位赚了很多钱，买了我们也梦寐以求的房子……这些发现，很可能会导致我们经历自我怀疑的阶段。如果我们有自我觉察的能力，就可以在这些过程中发现人性。

尽管独处的状态在人们根深蒂固的传统观念里，依然意味着个人有缺陷，我还是用了很多年学习与团体疏离，独立面对成长。无论是友谊、爱情，甚至是亲情，都无法吸引我从学习独处、自行、自责、自我欣赏诸如此类的野心中离开。是的，与其说这是一种渴望、意愿、理想，不如说是一种成长的野心。

我如饥似渴地看书，与书中的作者交朋友，并且感觉好多了。也曾无数次踏上一个人的旅途，体验了漫无边际的孤独与寂寥，然而我真的感觉好多了。很少人能够体会到独处的深度，因此人们总是会在一起呈现出热闹的气氛。相比成功进入一个群体，在群体中比别人更胜一筹，才是人们最终想要的。我们生命中大部分的友谊，不就是这样吗？当我们把大量的时间和精力放在与别人保持一致和攀比之上，就意味着自己很难腾出时间来做更重要的事情。

来到而立之年，身边的朋友慢慢又多了起来。不同的是，我们并不需要经常刻意维护感情，每个人都是笃定地走着自己的路。我们做各种创作，行走到不同的国家，经历着各自的情感故事。我的那些女朋友们，她们一定是在带孩子的忙乱中，是在上下班的拥堵中，是在经济低迷的困惑与压力中，在身体或者心灵承受的磨难中，挤出一点点时间去看见这个世界的美，给自己注入一剂良药。

你会发现，真正的交流不一定要天天在一起，不一定要说很多话。真正的交流只是成为她自己。记得 Yoli 曾经在朋友圈写过这样一段话："我相信这个世界上有一个美的族群，这种美不是说人与人之间没有嫉妒，而是她们能够将嫉妒变成彼此的激荡，会觉得你这么好，我很欣赏，所以我也要好起来。那么相互就会形成一种激荡，大家都越来越好。"

这是理想之中友谊的样子。

表达是一种神奇的东西，是人们之间建立联系、引发亲密、催

生孤独、产生联结或排挤的速成剂。我对语言交流持有一些怀疑的态度。对女性朋友之间的交往，尤其谨慎。我不会与充满愤怒的人在一起，不会与总是抱怨的人为伍。尽管最初的时候，我相信自己能够与之保持距离，但渐渐地，需要抵抗才能不被那些力量所影响。在不知不觉中，我很可能会在某种程度上与他们非常相似。这就是所谓的集体意识。

说来惭愧，越往前走就越有一种被集体意识所控制的痛苦，尽管我知道这来源于内在的恐惧，那种担心被排斥、被边缘化的古老的恐惧。每当这样的时候，我就逼着自己再往前走一步，向着不安全和不确定再靠近一点。走自己的路，以一种友善的方式去走。

常常提醒自己，不要踮着脚尖去靠近一个人。稳定的友谊取决于是否可以提供给对方源源不断的滋养、提升和支持。我生命中为数不多的好朋友，都是活在自己世界里的人。她们笃定、勤奋、只在自己身上学习和努力。关于女性的探讨值得我们骄傲，这是一种渴望集体进化的野心。关于爱：自我之爱、友谊之爱、两性之爱……这些爱各自会获得应有的地位，各自贡献其热情的火焰。

谢谢你替我活出了另一种人生

Yoli

多年前，在我休完产假正要回到工作岗位上的时候，一位女上司把我申请调去了她的部门。消息出来后，几位同事私下里来关心我，劝说我要想办法拒绝这次调动。原来这位女上司在我这个年纪的时候也怀过孕，只是她和我做了不同的选择，她没有选择生下孩子，于是在接下来的几年顺利升职，坐稳了位置。"她跟你就不是一种人，她都没有生孩子，看到你生孩子了，一定会给你小鞋穿的，你得小心了。"同事拍拍我的手，压低声音说道。

这位女上司曾经两次表达对我的赏识，在真心和假意之间，我总是愿意冒险，于是我没有拒绝这次调动。去这位女上司的办公室报到的时候，她跟我说："我一直很期待跟你共事，我经常看你写的文字，很多难熬的时候是你的文字陪我度过的。"

别人对我说的话，没有让我远离她，而她对我说的话，也没有很快拉近我。我常觉得人生就像连载小说，我们得有耐心慢慢看下去，对任何人与事，不要急于下判断，我喜欢这种不断翻开下一页的感觉。

最终，我和这位女上司共事了一年多的时间，然后我辞职了。与那些传闻相反的是，她非但没有为难过我，而且当她发现我在按自己的方式教学时，她在能力范围内给予了我很大的支持。

在我辞职后，她对我说："你比我勇敢，你做了我一直想做而不敢做的事，所以我很希望你能成功。"她也告诉了我当年放弃那个孩子的细节："从我的家庭层面，以及我当时的身体境况来说，我都不得不放弃。事实上，我也得拥有些权力，才能做出一些改变，比如今天，在我看到你在做着我想做的事情时，我可以支持你，甚至保护你。"

"你看，在你所选择的这条路上，你比我勇敢。如果没有你，我也不会这么顺利。在面对生育这件事上，我们作为女性都是受困者，都挺难的，幸运的是我们都体谅了对方的艰难，谢谢我们都有这样的智慧。"这应该是我最后一次辞职，我也格外珍重能够这样好地结束。

"太好了，以后我不再是你的领导，可以是你的朋友了。"她露出活泼的样子，扬起了嘴角。

"谢谢你替我活出了另一种人生。"我衷心地对她说道。

如果我们真的走进一个女人的人生，会发现我们很难替她做出所谓的正确的选择。这个世界上，女性走的路是窄的，是潜移默化、约定俗成的。没有人知道那条窄窄的路在哪里，女人们在摸索中前进，只能通过指责他人的错误来反衬自己的正确。这让我们好受一些，让我们觉得没有那么糟，但这也让女人们是如此在意他人，以

及在意他人如何看待自己。于是我们通过划界把女性的空间划分得更窄：生孩子的和不生孩子的，喂母乳的和不喂母乳的，工作的和不工作的。女性对女性的审视更严格，女性对女性的要求更苛刻。

这个世界培植了女性对所谓完美生活与幸福人生的期待，这种期待是一种隐形暴力。它驯服女性要在意他人的评价，顺从他人的意志，它让一个女性默许了任何人都可以对自己的人生指手画脚。因为我们认定女人的幸福是窄的，是必须经由他人的人生展现的，一个女性的价值仅仅体现在照顾他人的生活、成就他人的人生、顾全她身边的所有人上，而跟她自己想要什么无关。

不。我们的生命价值不应该经由男性来展现，不应该经由孩子来展现，不应该经由我们的家庭是否圆满和睦、其中的每个人是否都满意来展现。男人不是我们的目的地，其他女人也从来不是我们的敌人，真正的敌人是我们共同承认、妥协和默许的对女性的不平等条约。孩子也不是我们的勋章，一个女人不是更贤良淑德就更高尚，我们因歌颂而被捆绑，成了对孩子成长唯一重要的负责人。我们应该站得更高，看到我们每个人都被束缚其中；我们应该站得更低，看到我们彼此都深陷难题。

不仅是我们自己，我们也应该支持身边的那些女性将这条路走得更加宽阔，通往幸福人生的路径绝对不止一条，活出生命光芒的方式也绝对不止一种。

我非常感谢我生命中的这些女人，谢谢你们替我去活了不生孩子的人生，谢谢你们替我去活了挑战职场的人生，我多么希望你们能把那样的人生活得精彩，因为那是我人生未能发挥的另一种可能性。

与我共同完成这本书的宁远和菲朵，我也非常感恩我们因这本书走过的这些年，看起来我们很像，从事着文艺的工作，为自己而工作，但事实上，在看起来趋同的选择之下，我们的路径依然是不同的，远远和菲朵活出了我生命的另两个理想：

我有一个安守于家园的梦，和从小玩到大的亲密伙伴们一起携手人生，一起做一件利他又利己的事，让世界更美好，又让彼此更紧密而团结，这世间有远远这样的存在多么好，真的有人实现了我的梦。

而我也有一个在天地之间流浪的梦，流浪在世间的美和爱里，勇敢地去付出，去拥抱疼痛，无所畏惧地去绽放。在菲朵的许多镜头里，我有一种久违的感动，那是我爱的世界，被另一个人那样好地爱了，是多么美。

而此生我要活出仅属于我的梦，我们要一起把属于女性的路途，走得多彩而宽阔。

图书在版编目（CIP）数据

女朋友们／宁远，杨菲朵，尤琳著．——北京：北京十月文艺出版社，2020.7
ISBN 978-7-5302-2059-7

Ⅰ．①女… Ⅱ．①宁… ②杨… ③尤… Ⅲ．①随笔集－中国－当代 Ⅳ．①I267.1

中国版本图书馆 CIP 数据核字（2020）第 096120 号

女朋友们
NÜ PENGYOU MEN
宁远 杨菲朵 尤琳 著

出　　版　北京出版集团
　　　　　北京十月文艺出版社
地　　址　北京北三环中路 6 号
邮　　编　100120
网　　址　www.bph.com.cn
发　　行　新经典发行有限公司
　　　　　电话 (010)68423599
经　　销　新华书店
印　　刷　天津市银博印刷集团有限公司
版　　次　2020 年 7 月第 1 版
　　　　　2020 年 7 月第 1 次印刷
开　　本　880 毫米 ×1230 毫米　1/32
印　　张　9
字　　数　150 千字
书　　号　ISBN 978-7-5302-2059-7
定　　价　58.00 元
质量监督电话　010-58572393
如有印装质量问题，由本社负责调换。